Impressum

1. Auflage 06/2025

Copyright © 2025 Sandra Mahn

Autor: Sandra Mahn

Anschrift: Platz des Friedens 2, 01705 Freital, Germany

E-Mail: keysofzodan@sanmahpicture.de

Web: www.sanmahpicture.de

Social Media: @SanmahPicture

Umschlaggestaltung, Illustrationen: Sandra Mahn (SanmahPicture)

Verlag: BoD · Books on Demand GmbH, Überseering 33, 22297 Hamburg, bod@bod.de

Druck: Libri Plureos GmbH, Friedensallee 273, 22763 Hamburg

ISBN: 978-3-8192-7778-8

Mein Zeitgefühl ist völlig durcheinander, seit ich gestorben bin und Raxia mich als einen Soldaten Fatums im Nichts wieder auferstehen ließ. Ich musste erfahren, dass die Menschheit in großer Gefahr schwebt, denn zwei außerirdische Drachen vom Planeten Agua streiten sich um die Weltherrschaft.

Ja, ihr habt richtig gelesen.

Auf der einen Seite gibt es Fatum, der goldene süße Pummel-Drache aus dem Nichts. Sein Feind heißt Malum. Er ist ein schwarz-geschuppter Gigant, der in der Schattenwelt sein Dasein fristet und mit seinen bösen Untergebenen versucht, die Menschheit zu versklaven.

Jetzt kommen wir ins Spiel.

Raxia ist eine der Nachfahren des Ur-Volkes, deren Ältester Zodan vor 2.000 Jahren die beiden Key-Seelen erschuf. Ihre Seelen beherbergen seine Magie und sind gemeinsam als Waffe in der Lage, Malum mitsamt seiner Schattenarmee zu besiegen. Leider ist dies in all den Jahren noch nicht gelungen, da das schwarze Scheusal ein schlechter Verlierer ist. Immer wieder war es ihm möglich, die wiedergeborenen Key-Seelen-Träger zu töten, bevor die ihm gefährlich werden konnten.

Emilio und ich, Milan, sollen das nun ändern.

Wir sind die letzte Generation, bei der Zodans Magie noch stark genug ist, um eine Chance gegen Malum zu haben. Raxia soll uns helfen, die Prophezeiung ihres Ältesten Zodans zu erfüllen. Denn auch sie wurde von ihm verflucht und geistert als Zombie durch die Zeit.

Nun gab es einige Zwischenfälle. Wäre ja auch langweilig, würde mal alles glatt laufen. Bei diesen stellte sich heraus, dass unser Boss Fatum auch ein Scheusal wie sein Verwandter Malum ist. Wer hatt's gedacht.

Aktuell befinden wir uns mit unseren Mitstreitern Neven und Mia, die ebenfalls Ex-Soldaten Fatums sind, vor beiden aguanischen Drachen auf der Flucht in der Menschenwelt.

Wir tüfteln an einem Plan, wie wir es schaffen können, Fatum und Malum zu besiegen, damit die Menschen endlich frei sein dürfen.

Was für ein tolles Vorhaben, nicht wahr? Dabei geht es mir gar nicht um alle Menschen, die auf der Erde wandeln. Mich interessiert nur einer, und der ist Caro.

Um sie zu beschützen, habe ich meine unendliche Ewigkeit gegen diesen Energiekörper getauscht.

In der Menschenwelt sieht er wie mein alter aus, aber im Nichts, der 4. Dimension, leuchtet er und die Energie meiner Seele wird sichtbar. Leider beherrsche ich meine Energieangriffe noch nicht perfekt, aber ich gebe nicht auf. Irgendwann wird sich meine Macht entfalten.

Raxia und Neven wollen dafür eine Technik kennen, die sich Hypnose nennt. Sie muss in der Durchführung sehr peinlich sein, denn Raxia ist knallrot angelaufen, als Neven sie erwähnte. Entgegen meines Vorschlages, die Hypnose mit ihr auszutesten, hat sie lieber mit Emilio beginnen wollen. Die beiden sind deswegen schon eine Ewigkeit weg. Zumindest fühlt es sich so an, denn wie gesagt: seit ich tot bin, ist mein Zeitgefühl völlig durcheinander.

KAPITEL 1

Zusammen mit Neven, dem Grundschüler, und Mia, Mios Kumpeline aus der Schulzeit, sitze ich in der leeren Wohnung im obersten Geschoss eines Wohnblocks, der wohl bald abgerissen wird. Aufgrund der Abgelegenheit haben wir diesen Ort zur neuen Hauptzentrale auserkoren. Dummerweise ist Winter und hier drinnen ist es beinahe genauso kalt wie draußen. Die paar alten Decken, die vom Vormieter zurückgelassen worden sind, helfen da wenig. Es ist definitiv dämlich, dass wir als Tote zwar keinen Sauerstoff mehr brauchen, dafür aber frieren können. Das zehrt an unserer Energie, die niemals auf Null sinken darf. Wenn das passieren würde, verteilen sich unsere Seelenpartikel in der ganzen Welt und wir müssten von einem heiligen Samariter wieder zusammengepuzzelt werden. Kurzum: das wäre das Game Over. Umso besorgter bin ich, sehe ich mir Mia an.

Dass sie eine von uns geworden ist, war einer der dummen Zwischenfälle. Sie ist durch meinen Fehler hinter die Existenz von uns Energiewesen gekommen. Das stellte einen Regelverstoß dar, sodass Raxia gezwungen war, Mia zu töten und sie zu einer Reisenden zu machen. Blöd nur, dass ihre Seele nicht dafür geschaffen ist, in der Zeit als Zombie umherzuwandern. Ihr niedriger Energielevel macht es ihr schwer, in der Menschenwelt ihren irdischen Körper aufrechtzuerhalten.

„Hoffentlich kommen sie bald zurück", sagt Neven und unterbricht meine Gedanken. Ich nicke ihm zu.

„Bestimmt. Die sind ja schon ewig weg", antworte ich.

Als hätten Mio und Raxia die Unterhaltung gehört, tauchen sie in der Mitte vom Raum auf. Raxia beherrscht die Teleportation, sodass sie uns ohne lange Transportzeit überall hinbringen kann.

Erschöpft sinkt sie auf die Knie. Mio stützt sie.

„Und?", frage ich neugierig. „Wie war die Hypnose?"

„Aufschlussreich", lautet die Antwort, bevor Mios Aufmerksamkeit wieder Raxia gehört. „Geht's wieder?", fragt er.

„Wieso ist sie so fertig?", will ich wissen. „Wenn die Hypnose so anstrengend ist, mache ich das besser nicht."

„Neven", keucht Raxia und schaut in seine Richtung.

Neven ist zwar klein, aber seine Intelligenz ist riesig. Mit seinem Super-Brain können wir gar nicht verlieren, habe ich im Gefühl.

„Ich sah Flammen", berichtet Raxia. „Sie loderten wie in der Nacht, als ich zur Reisenden wurde."

Neven bekommt große Augen. „Wirklich? Aber dann bedeutet das ..."

„Die Prophezeiung", führt Raxia seinen Satz fort.

Ich verstehe mal wieder nur Bahnhof.

„Erzählst du uns jetzt endlich, was es mit Zodans Prophezeiung und uns Keys genau aus sich hat?", frage ich, denn bisher hat Raxia noch nicht allzu viel aus ihrer Vergangenheit verraten. Dass sie vor ihrem Tod Flammen gesehen hat, wusste ich zum Beispiel noch nicht.

Doch sie kommt nicht dazu, mir zu antworten.

Mia hat etwas Unschönes entdeckt. Sie deutet mit dem Finger zur einzigen Tür, die aus dem Zimmer führt, in dem wir versammelt stehen. „Seht mal!"

Schwarzer Rauch breitet sich auf dem Fußboden aus. Während ich grüble, was das darstellen soll, geht Neven in Angriffshaltung.

„Wir wurden entdeckt", ruft er. „Verteidigt euch mit allen Mitteln. Milan – Emilio – ihr dürft nicht in Feindeshand geraten." Er beschwört einen Kampfstab aus seiner Energie. Kurz danach feuert er aus dessen Spitze eine Energiesalve in den Bodennebel. Ein unheimliches Lachen ertönt. Ich bekomme Gänsehaut.

‚Können die Schatten-Arschgeigen nicht normal wie jeder andere durch die Tür reinkommen? Meine Fresse!'

Unser Gegner erscheint hinter der Stelle, in die Nevens Energie eingeschlagen ist. Ein Mann in schwarzer Kleidung wird sichtbar. Ich erkenne ihn vom Blutmondritual wieder, als Mio nach der Folter zu einem Reisenden wurde. Raxia und ich kämpften gegen diesen Schattentyp.

„Gestatten, Tarek vom Totensee." Grinsend verbeugt sich der Schwarzhaarige und sieht zu Mio. „Lange nicht gesehen."

„Tarek!", ruft Mio entsetzt.

„Ah, du erinnerst dich an deinen Schutzengel."

Ich gehe in Angriffsstellung und starre den Typ provokant an.

„Du angeblicher *Schutzengel* hast belustigt zugesehen, als dein Schattenfreund Mio die Haut vom Körper schälte."

Er grinst mich an.

„Deine lockere Zunge ist ja zum Verlieben." Er leckt sich begierig über die Lippen. Mir kommt's fast hoch. Wütend lasse ich eine Energiekugel aus meiner Hand auf ihn zurasen. Er weicht lachend aus und hüpft direkt vor mich. Ich springe zurück.

„Du kannst interessante Sachen. Ich stehe zwar eigentlich mehr auf unschuldige Typen, aber deine geballte maskuline Art gefällt mir auch sehr gut."

„Verzieh dich!" Ich gehe mit der Faust auf ihn los. Tarek weicht meinen Schlägen lachend aus. Raxia nutzt die Lücke und greift ihn mit zwei Energiedolchen an. Doch auch unserem Kombiangriff kann der ohne Schwierigkeiten ausweichen.

„Vorsicht! Tarek beherrscht die Totenseemagie. Sein Körper hat die Konsistenz von Wasser. Eure physischen Angriffe treffen ihn nicht", ruft Neven.

Dass der Kerl stark ist, ist keine neue Information. Raxia und ich sahen bereits beim letzten Kampf keinen Stich.

„Der Kleine ist ein guter Beobachter", bemerkt Tarek und schleudert uns mit Leichtigkeit von sich weg. Mio weicht aus, weil wir auf ihn zufliegen. Dummerweise taucht Tarek direkt hinter ihm auf und packt zu. „Endlich sind wir wieder vereint, Mioleinchen."

Mio gerät in Panik. Seine Aura tritt hervor. Er ist zwar stark, aber nicht in der Lage, seine Energie im Kampf bewusst zu steuern. Eigentlich war die Hypnose dafür gedacht, ihm die Kontrolle über seine Macht, sowie die Erinnerungen, die er bei der Folter durch die Schatten vor seinem Tod verlor, zurückzugeben. Scheint nicht geklappt zu haben, denn Mios Energie ist immer noch ungezügelt. Der einzige Unterschied: sie fühlt sich viel stärker als früher an. Das ist schlecht, denn seine Energie kann auch uns schaden.

Erschrocken weichen wir alle zurück. Nur Tarek nicht. Zu unserem Entsetzen macht ihm Mios Energie nichts aus.

„Du leuchtest wie ein Glühwürmchen. Leider konnte ich die Viecher noch nie leiden", sagt er und boxt Mio in den Bauch. Sein Schlag ist so kräftig, dass Mio Blut spuckt und zusammensinkt. Seine Aura zieht sich zurück. Er ist bewusstlos. Tarek fängt ihn auf.

„Lass ihn sofort los!", schreie ich und stürme unüberlegt auf den Gegner zu. Er lacht. Wassersicheln fliegen mir um die Ohren. Neven zerschießt sie mit einer Energiesalve.

Tarek verabschiedet sich. „Hat mich gefreut euch kennenzulernen. Jetzt entschuldigt uns bitte. Wir haben ein Date beim Chef."

„Lass ihn hier!", schreie ich, nehme erneut Anlauf, doch es ist zu spät. Die beiden sind verschwunden.

Die Sonne geht unter, während wir krampfhaft nach einer Lösung suchen, Mio zurückzuholen. Ich laufe unruhig durch die leere Dachgeschosswohnung.

„Jetzt ist schon so viel Zeit vergangen." Ich bin wütend, weil ich meine Sorge um Mio nicht mehr aushalte. Ich trete vor Neven und Raxla, die beide hoffnungslos ihren Blick aus dem schmutzigen Fenster gerichtet haben. „Ich will sofort in die Schattenwelt", fordere ich.

„Wir können nicht so einfach in die Schattenwelt", erklärt Raxia. „Wir sind zu wenige. Unsere Energien würden neutralisiert werden, geraten wir in Kontakt mit zu vielen

Schatten." – „Das ist mir egal!" Ich donnere zornig meine Faust gegen die Wand. Raxia zuckt erschrocken zusammen. „Wir müssen Mio retten!"

„Beruhige dich, Milan", sagt Neven. „Du hast Recht. Wir brauchen Mio. Ohne ihn sind wir spätestens in einem Tag am Ende mit unserer Energie. Zurück ins Nichts können wir auch nicht. Uns bleibt nur Malum."

„Das ist absurd", wehrt Raxia ab. „Wir sind Malums Feinde. Wir werden nicht mal in die Nähe seiner Residenz gelangen. Außerdem wissen wir gar nicht, wo er sich genau befindet."

„Uns bleibt keine Zeit." Nevens Blick wandert zu Mia. Sie ist seit Mios Entführung still und sitzt zurückgezogen in der Ecke. „Sie hält maximal noch ein paar Stunden durch, bevor sie sich auflöst."

Energisch packe ich Neven am Kragen.

„Wie komme ich in die Schattenwelt?"

„Du allein kommst da nicht hin. Aber du kennst jemanden, mit dem wir das Portal finden und Zugang zu Malum erhalten."

„Wen?"

„Lilly", knurrt Raxia und beantwortet meine Frage.

Ich lasse von Neven ab. Mein Blick huscht zu ihr. Sie hat die Arme vor der Brust über Kreuz. Ihre Mimik sieht missmutig aus.

„Lilly ist ein Schatten und kann uns zu Mio bringen. Ob sie es tun wird, ist jedoch fraglich."

„Diese Frau ist unsere einzige Möglichkeit", bekräftigt Neven.

Ich schlucke stark. Lilly ist die Letzte, die ich wiedersehen will. „Das ist ja wieder fantastisch", motze ich. „Dann werde ich sie mal suchen gehen."

„Ich komme mit", sagt Raxia.

Gesagt, getan. Sie teleportiert uns aus dem Haus. Wir landen in der Innenstadt. Zum Glück sieht uns keiner der Passanten, die durch die Ladengassen bummeln.

„Warum glaubst du, ist sie hier? Kannst du sie spüren?", frage ich und erhalte ein Nicken.

„Sie verbirgt ihre kalte Aura nicht wie sonst. Sie scheint in dem Laden da hinten zu sein."

„Meinst du, es ist eine Falle?"

„Wer weiß. Wir haben keine Wahl."

Wir verlieren keine Zeit und betreten die Kneipe. Sie ist gut besucht. Raxia und ich fallen unter den vorwiegend Ü50 Gästen jedoch auf. Ihr ist das sichtlich unangenehm, angestarrt zu werden. Ich achte weniger auf die Blicke, sondern erspähe Lilly.

„Du bist echt unglaublich, Raxia. Da hinten ist sie."

„Lass uns das schnell erledigen. Ich will hier weg."

Ich habe keinen Plan, wie ich Lilly am besten anspreche. Aktuell sitzt sie auf dem Schoß von einem alten Sack, dem sie hübsche Augen macht. Mich sieht sie nicht so begeistert an, als ich neben sie trete.

„Komm mit." Das ist keine Bitte. Ich nehme Lillys Hand und ziehe sie von dem Alten weg. Er ist so besoffen, dass er es gar nicht schnallt. Lillys Widerstand fällt auch geringer als erwartet aus. Es wirkt beinahe so, als wäre sie einverstanden, die Kneipe mit uns gemeinsam zu verlassen und hätte nur darauf gewartet.

An der frischen Luft atmet Raxia auf. Der Alkohol- und Zigarettengestank ist in der Kneipe geblieben.

Lilly grinst mich an. Sie macht immer noch keine Anstalten, sich aus meinem Griff zu befreien.

„Eifersüchtig, Milan?" Ihre vollen Lippen verformen sich zu einem zufriedenen Grinsen. Ich komme gleich zur Sache.

„Einer deiner Kumpel hat Mio entführt. Wir wollen ihn zurück. Du hast die Ehre uns den Eingang zur Schattenwelt zu zeigen."

Lilly lacht laut auf und funkelt mich danach böse an. Sie öffnet den Mund, wohl um sich über uns lustig zu machen. Soweit kommt es nicht. Ich werfe mich vor ihr auf den Boden. Damit hat keiner gerechnet.

„Bitte hilf uns!" Ich kann mir gut vorstellen, welche Gesichter Lilly und Raxia gerade machen. Dass ich vor der Schattenfrau niederknie, die mich erschossen hat, ist mehr als suspekt. Aber was bringt mir mein Stolz, wenn Mio dafür leidet? Ich will ihn zurück. Koste es, was es wolle.

„S-Steh wieder auf, Milan." Raxia zerrt mich hoch.

Lilly hat die Arme vor der Brust verschränkt. Sie beobachtet uns. Ihre Mimik ist nicht durchschaubar.

„Verrate uns, wo der Eingang zur Schattenwelt ist. Das bist du Mio schuldig, schließlich hat er dich vor Fatum gerettet", sagt Raxia. Ihre Worte lassen Lillys Gesicht weicher werden. Sie seufzt.

„Ihr seid echt seltsam."

„Also hilfst du uns?" – Raxia macht Nägel mit Köpfen.

Lilly lässt ihren Blick ein letztes Mal zwischen uns hin und her schweifen, bevor sie uns ihre Entscheidung verkündet.

Neven und Mia staunen nicht schlecht, als wir nach so kurzer Zeit erfolgreich zurückkehren. Sie nehmen uns draußen in Empfang. Raxia hat sie bereits telepathisch ins Bild gesetzt.

„Danke, dass du uns hilfst", sagt Mia. Ihre Finger fangen an transparent zu werden. Wir müssen uns beeilen.

Ich nehme sie Huckepack, damit sie Energie sparen kann. Zusammen folgen wir Lilly auf einen abgesperrten Parkplatz. Er ist nicht weit von dem leerstehenden Gebäude entfernt, in dem unser Hauptquartier liegt. Das spielt uns in die Hände.

„Hier soll das Portal sein?", fragt Raxia. Ihre Stimme klingt misstrauisch.

„Da hinten", sagt Lilly und zeigt zum Stromhaus. Wir folgen und tatsächlich – als sie die Wand berührt, leuchtet ein Totenschädel mit Hörnern auf.

„Wartet. Ich belege uns mit einem Zauber, der die Neutralisierung unserer Energien verlangsamt. Wir haben eine halbe Stunde, um Mio zu retten und zurückzukehren, bevor wir uns auflösen", sagt Neven.

„Sag doch gleich, dass du sowas kannst", motze ich.

„Eine halbe Stunde ist nicht viel. Hält der Bann länger, wenn du ihn auf nur einen von euch richtest?", fragt Lilly.

Bevor Neven reagieren kann, mischt sich Raxia ein.

„Wir alle oder keiner", legt sie fest.

„Aber sie wird es nicht überstehen", sagt Lilly und blickt zu Mia, die es sich auf meinem Rücken gemütlich gemacht hat.

„Wir lassen sie nicht zurück und gehen alle gemeinsam." Raxia weicht keinen Millimeter zurück. Ich verstehe ihr Misstrauen. Mir geht es nicht anders. Aber wenn wir Lilly nicht entgegenkommen, drehen wir uns im Kreis und verschwenden wertvolle Zeit.

„Raxia, ich bleibe bei Mia und Neven. Wir warten hier, bis du mit Mio zurück bist. Von uns allen hast du den längsten Umgang mit den Schuppenechsen. Du weißt am besten, wie die Drachen ticken. Außerdem vertraue ich dir."

Meine Worte schmeicheln ihr, aber Lilly gefallen sie gar nicht. Trotzdem lenkt sie ein und ist mit dem Plan einverstanden. Zeit für Neven, den Bann auf Raxia zu legen. Zum Abschied umarme ich sie, damit nicht auffällt, dass wir noch ein paar schnelle Gedanken austauschen. Mia muss solange ohne meinen Rücken auskommen.

x|Ich trau Lilly nicht, Raxia. Vielleicht ist das alles nur ein Trick und Mio ist noch in der Menschenwelt|x, äußere ich ihr telepathisch meine Vermutung. x|Sie war viel zu schnell damit einverstanden, ihre Verbündeten zu verraten.|x

x|Der Gedanke kam mir auch schon.|x

x|Wir dürfen uns nichts anmerken lassen. Es könnte eine Falle sein. Sei bitte vorsichtig, wenn du mit ihr allein bist.|x

x|Das musst du mir nicht sagen. Ich werde der Sache auf den Grund gehen. Sucht ihr Mio solange in der Menschenwelt. Wir dürfen nichts unversucht lassen.|x

Ich löse mich aus der Umarmung, die für alle nur ein paar Sekunden gedauert hat.

„Holt unsere Batterie zurück, Mädels." – Niemand ahnt etwas von unserem Geheimplan.

Nachdem Lilly und Raxia verschwunden sind, berühre ich Nevens Schulter. Er sieht verwirrt zu mir auf.

„Wir müssen uns beeilen. Ich traue Lilly nicht."

„Da sind wir zwei. Hast du eine Idee?"

„Nicht so richtig, aber ich glaube, dass Mio nicht in der Schattenwelt ist." Neven und Mia wirken überrascht.

„Tarek hat ihn vor unseren Augen entführt und wir können Mios Aura nicht fühlen. Das bedeutet, er ist entweder in einer anderen Dimension, bewusstlos oder zerstreut", sagt Mia.

„Oder er schottet sie ab", werfe ich ein.

„In der Situation eher unlogisch", mutmaßt Neven.

„Vielleicht. Ich denke, er ist bewusstlos und irgendwo in der Menschenwelt."

Neven denkt kurz nach. „Lilly hat uns absichtlich getrennt."

„Anzunehmen."

Seine Augen weiten sich. Es wirkt, als wäre ihm eine Idee gekommen. Prompt trifft mich sein Blick.

„Milan, versuche telepathisch eine Verbindung zu Mio aufzubauen. Selbst wenn er bewusstlos ist – ihr als Keys solltet über euer Bewusstsein hinaus miteinander kommunizieren können."

Seine Worte erklären die Visionen, die ich während meiner Strafe im Qual-Glas hatte. Ich habe durch Mios Augen alles mitverfolgen können, was ihm in der Zeit widerfahren ist. Vielleicht hat Neven Recht und es funktioniert auch jetzt. Ich lasse es auf einen Versuch ankommen und denke hochkonzentriert an Mio.

Mia und Neven beobachten mich stumm. Ich schaffe es, die beiden und mein Umfeld komplett auszublenden, aber eine Verbindung kommt nicht zu Stande. Wütend stampfe ich auf den Boden.

„Neuer Versuch", knurre ich, aber auch der misslingt.

Niedergeschlagen wandern meine Augen zu meinen Freunden. Ihre Körper sehen nicht gut aus. Neven beginnt nun auch, transparent zu werden, während bei Mia die Arme und Beine langsam verschwinden. Wenn wir Mio nicht schnell gefunden haben, werden die beiden in alle Winde zerstreut. Machen wir uns nichts vor. Wir sitzen tief in der Scheiße.

„Gib nicht auf", sagt Mia. Scheinbar ist mir meine Angst ins Gesicht geschrieben. „Wir denken auch an ihn."

„Eine gute Idee", stimmt Neven zu.

„Gebt mir eure Hände."

Wir bilden einen Kreis und ich halte Mia und Neven fest. Da ihre Gliedmaßen transparent sind, sieht das extrem creepy aus. Hoffentlich beobachtet uns niemand.

Auf drei denken wir alle so fest wie möglich an unseren Freund. Wie durch ein Wunder kann ich plötzlich seine Aura spüren. Seine Kraft zieht mich an. Es fühlt sich an, als würde mich Mios Aura verschlucken.

Ich lande in einer Höhle. Hektisch sehe ich mich um.

„Wo sind wir?", höre ich Nevens Stimme.

„Neven?" - Tatsächlich. Er und Mia wurden genauso wie ich in diese Höhle gesogen. Ein Glück, dass die Zwei das mit ihrem schwachen Körper überstanden haben.

Plötzlich hören wir ein unheimliches Lachen. Mir läuft es eiskalt den Rücken hinunter.

„Zeig mir deine wahre Macht, Key!"

Ich kenne die Stimme. Es ist Tareks. Ich will blindlings losstürmen. Neven hält mich zurück.

„Erst beobachten, dann handeln", flüstert er.

Ungeduldig knirsche ich mit den Zähnen. Ich weiß, dass er Recht hat. Tief durchatmen.

„Ihr wartet hier. Ich geh nachsehen."

Behutsam folge ich dem Höhlengang und schleiche mich an den Feind heran. Ein Leuchten weist mir den Weg durch die finstere Höhle. Ich weiß, dass es Mios Aura ist. Als ich am Ziel bin, sehe ich ihn unter Tarek liegen. Er versucht sich zu befreien.

„Du, der Erste Key - du bist in meinen Augen das mächtigste Wesen auf diesem Planeten", schwärmt Tarek, den Mios Fluchtversuch kalt lässt. „In dir schlummert eine unbändige Kraft, die deinen perfekten Körper im hellsten Licht erstrahlen lässt."

‚Was für ein Spinner', denke ich angewidert und mache mich zum Angriff bereit. Als ich meine Energie beschwören will, fällt mir Nevens Hinweis aus dem letzten Kampf ein. Tareks Totenseemagie ist immun gegen physische Angriffe. Ich hätte keine Chance, da er zu schnell für meine Fäuste ist. Eilig schleiche ich zu Neven und Mia zurück. Ich brauche den kleinen Schlaukopf mit seiner Magie.

„Reicht deine Energie für einen magischen Angriff aus dem Hinterhalt, Neven?", frage ich.

„Es wird knapp, aber versuchen kann ich es."

„Du darfst dich aber nicht auflösen."

„Ich geb mir Mühe."

Sein Blick wandert zu Mia.

„Bring sie zu Mio, sobald ich Tareks Aufmerksamkeit habe. Er muss sie aufladen. Eine weitere Teleportation überlebt sie nicht."

Mia und ich bleiben im Hintergrund, während Neven seine letzte Kraft zusammennimmt und Tarek von Mio weglockt. Unser Plan scheint perfekt. Ich nutze Tareks Abwesenheit und renne zu Mio. Seine Aura leuchtet bedrohlich. Auf meine Stimme, die ihn beruhigen soll, geht er nicht ein. Mir bleibt nichts anderes übrig, als mich ihm todesmutig zu nähern und zu hoffen, dass er nicht explodiert.

Eilig beuge ich mich über ihn.

„Hier bin ich! Sieh mich an!" – Keine Reaktion. Klatsch! Jetzt fixiert er mich.

„Milan." Seine Aura wird schwächer. Erleichtert helfe ich ihm hoch. Für Erklärungen bleibt jedoch nicht viel Zeit. Ich will mit ihm zu Mia, damit er ihre Energie aufladen kann. Doch daraus wird nichts. Unerwartet erklingt Tareks Lachen in der Höhle. Das Aas steht neben Mia. Von Neven keine Spur.

‚Scheiße, ich hab den nicht bemerkt', denke ich erschrocken.

Tarek grinst. Er heißt uns herzlich willkommen.

„Lass den Rotz! Wo ist Neven?", frage ich und versuche meine Angst nicht in meine Stimme kriechen zu lassen.

Tareks Grinsen reicht bis zu den Ohren. „Ich war stärker."

Mir wird ganz schlecht.

Er sieht zu Mia.

„Lass sie in Ruhe!", ruft Mio erschrocken. „Sie hat dir nichts getan."

„Du willst nicht, dass ihr was passiert? Mioleinchen. Dann komm zu mir. Wenn ich dich habe, lasse ich deine Freunde in Ruhe."

„Du kriegst ihn nicht." Ich stelle mich provokant vor Mio, um ihn zu beschützen. Aber unser Gegner fackelt nicht lange. Er ruft eine Wassersichel herbei, die über seiner Hand viel zu nah an Mia schwebt.

„Nein! Hör auf!", ruft Mio.

Er will sich an mir vorbei quetschen.

Ich halte ihn auf.

„Er darf dich nicht bekommen, Mio."

„Aber Mia- …!"

„3…2…" - Tarek zählt runter.

Die Zeit drängt. Ich stoße Mio weg. Noch während er fällt, rase ich auf unseren Gegner zu.

‚Lieber mich als ihn', geht mir dabei durch den Kopf.

Mit voller Wucht will ich Tarek meine Faust ins Gesicht schlagen, damit er sich auf mich konzentrieren muss.

Die Taktik geht nicht auf.

Er hat mich durchschaut.

Die Wassersichel trifft Mia.

Plötzlich ist die Höhle hell erleuchtet.

Mio schreit. Seine Aura explodiert.

Um mich wird alles finster.

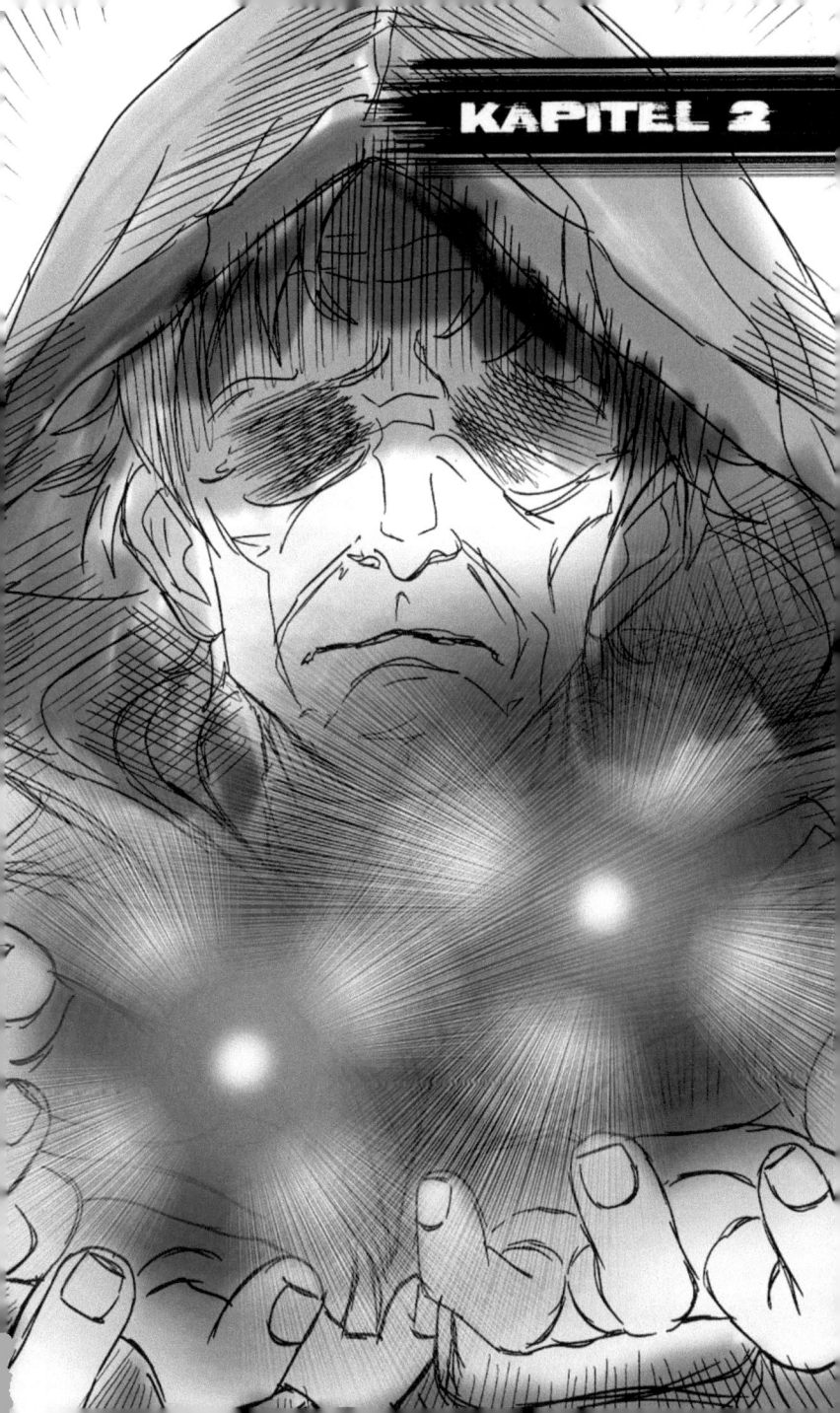

KAPITEL 2

Erschöpft öffne ich meine Augen. Die Sonne scheint mir ins Gesicht. Ich fühle die warmen Strahlen auf meiner Haut. Da sie mich blenden, drehe ich mich zur Seite. Benommen erkenne ich Mio. Er rührt sich nicht. Ich will ihn aufwecken.

„Nicht bewegen", sagt Neven.

Verwirrt sehe ich in seine Richtung. ‚Hat Tarek ihn nicht besiegt?'

Die warmen Sonnenstrahlen verschwinden. Als sich meine Augen an die neuen Lichtverhältnisse gewöhnen, erkenne ich die Höhlenüberreste. Wir sind nicht im Freien.

Verwirrt setze ich mich auf und stoße mir den Kopf. Um uns herum ist eine Art harte Kuppel. – „Was zum-…?"

„Mio hat die Höhle einstürzen lassen. Im letzten Moment konnte ich einen Schutzwall errichten, der uns vor dem herabstürzenden Geröll und Mios Aura gerettet hat. Das kostete mich meine letzte Kraftreserve, wie du siehst. Wenn Mio nicht schnell aufwacht, werde ich verschwinden."

„Dann hast du nicht gegen Tarek verloren."

„Nein. Er schlug mich nur bewusstlos."

„Ein Glück", seufze ich, aber wiege uns noch nicht in Sicherheit. Hurtig will ich Mio aufwecken, damit er Nevens Energie wieder auffüllen kann. Ich rüttle an seinen Schultern, bis er zu sich kommt.

„Kümmere dich um Neven", fordere ich ungestüm, doch Mio hat anderes im Kopf.

„Mia", flüstert er benommen.

Mein Magen wird schwer, als ich ihren Namen höre.

„Füll zuerst Nevens Energie auf", wiederhole ich.

Mio gehorcht und unser Freund wird wieder sichtbar. Ich fühle Erleichterung, die jedoch sofort verschwindet, nachdem Mio erneut nach Mia fragt. Betrübt lasse ich den Kopf hängen.

„Es tut mir leid", sage ich.

Ihm kommen die Tränen. Doch im Gegensatz zu sonst zieht er sich nicht in sein Schneckenhaus zurück, sondern schlägt mir ohne Vorwarnung ins Gesicht.

„Du hättest mich ausliefern müssen!", schreit er.

Das kam überraschend. Es hat mich umgehauen.

Ein zweiter Schlag folgt. Die engen Platzverhältnisse in der eingestürzten Höhle geben mir keinen Raum für ein Ausweichmanöver. Ich ertrage Mios Angriff, bis er nicht mehr kann und heulend zusammensinkt.

Neven meldet sich zu Wort.

„Es war nicht seine Schuld, Mio. Wir holen sie und Alfabio zurück, sobald der Kampf vorbei ist."

„Du weißt es?", schluchzt er und sieht zu Neven. „Du weißt, dass ich Alfabio besiegt habe? Hat Milan es dir verraten?"

„Hab ich nicht, du blöder Arsch", knurre ich und halte mir das schmerzende Gesicht.

„Alfabio ist noch nie *nicht* von einer Mission zurückgekehrt", erklärt Neven. „Das ist jetzt aber nicht der springende Punkt. Mio, du hast uns hierhergeholt, als wir alle an dich gedacht haben und unsere Energie sich verbunden hat. Ich bin mir sicher, dass du nach der Hypnose die Teleportation in der Menschenwelt beherrschst. Versuch dir das Hauptquartier vorzustellen, während wir uns an dir festhalten. Sobald du es vor Augen siehst, werden wir da sein."

Ich habe nicht viel Lust, Mio zu umarmen, nachdem er wie ein Bekloppter auf mich eingedroschen hat. In der Not frisst der Teufel jedoch Fliegen. Wir klären das später.

Mio teleportiert uns zuverlässig zu der verlassenen Dachgeschosswohnung, als hätte er nie etwas anderes gemacht. Wir hetzen nach unten zu dem abgesperrten Parkplatz. Raxia scheint noch in der Schattenwelt zu sein. Ziemlich sicher wird sie unsere Hilfe benötigen.

„Wieso leuchtet der Schädel nicht?", frage ich und nehme meine Hand von dem Symbol. Wütend trete ich gegen die

Wand. „Kann nicht einmal etwas funktionieren?" Meine Nerven liegen blank.

„Offensichtlich können nur Schatten es aktivieren", schlussfolgert Neven.

„Was machen wir jetzt?", fragt Mio. Wir haben ihm auf dem Weg erzählt, dass Raxia mit Lillys Hilfe in der Schattenwelt nach ihm sucht.

„Wir werden unsere Mission vorerst ohne sie fortsetzen", beschließt Neven.

Entgeistert sehe ich ihn an. Mio gefällt seine Entscheidung ebenfalls nicht.

„Raxia kann auf sich aufpassen. Der Schutzbann, den ich ihr gab, hilft ihr in der Schattenwelt zu überleben, selbst wenn sie in einen Hinterhalt gerät."

„Aber der hält doch nur 'ne halbe Stunde, hast du gesagt. Die ist in der 4. Dimension längst um."

„Das war gelogen. Ich wollte Lilly täuschen. Der Bann hält, bis Raxias Energie auf null sinkt. Das heißt, wird sie nicht im Kampf besiegt, kann sie auf Dauer in der Schattenwelt verweilen und wird nicht neutralisiert."

„Solche krassen Sachen kannst du?"

Neven sieht mich verlegen an und kratzt sich an der Nase.

„In neunzig Jahren lernt man viel."

„Neunzig Jahre? So lange bist du schon tot?", frage ich fassungslos.

Er nickt. „Wir haben genug Zeit, die Mission fortzuführen." Sein Blick huscht zu Mio. „Während der Hypnose hatte Raxia eine Vision von Flammen. Tauchten auch Gebeine auf?"

Mio überlegt, bevor er antwortet.

„Ich weiß nicht. Sie schrie und wirkte wie von Sinnen. Es dauerte, bis sie sich wieder beruhigt hatte. Dann erzählte sie etwas von schwarzem Pulver. Sie sah es wohl in den Flammen."

Neven lächelt.

„Ich weiß, wie wir eure Macht erwecken. Wenn ich Recht habe, stehen wir kurz vor dem Sieg."

„Hä? Aus Pulver und Flammen leitest du unseren Sieg ab?", frage ich verwirrt. „Muss ich das verstehen?"

„Du wirst es verstehen, wenn es soweit ist. Kommt jetzt. Wir haben ein paar Dinge zu besorgen."

Die *paar Dinge* sind schnell beisammen. Trockenes Holz, Steine und Reisig. Neven häuft alles auf dem Fußboden im Hauptquartier an.

„Jetzt bekommst du wohl doch noch dein wärmendes Feuer in der Bude", sage ich zu Mio. Er weicht betroffen meinem Blick aus. Ich kann mir denken warum. „Neven, wir sind mal kurz vor der Tür." Ich packe Mio und schleife ihn mit. Neven hat Verständnis.

Auf dem Gang sind wir unter uns.

„Die Schläge tun mir leid", sagt Mio sofort. Er steht mit gesenktem Blick vor mir.

„Für einen warmen Bruder kannst du verdammt hart zuschlagen", motze ich, bevor ich ernst werde. „Ich wollte nicht, dass Mia verschwindet."

Er schluchzt, aber wischt die Tränen weg. Mich trifft sein Blick. Mio scheint wütend zu sein.

„Warum hast du mich nicht ausgeliefert?"

„Weil du genau wie ich nicht in Feindeshand geraten darfst."

„Aber Mia war- …"

„Unschuldig", setze ich seinen Satz fort. „Ich weiß. Deswegen werde ich alles für ihre Rückkehr tun, sobald der Kampf vorbei ist."

„Ich auch."

„Dann lass uns den Streit vergessen. Als Wiedergutmachung beulst du mein Gesicht mit deiner Energie aus. Heilung, bitte."

„Wenn du das mit dem *warmen Bruder* zurücknimmst", knurrt er und überrascht mich. Normalerweise wehrt er sich nicht gegen Beleidigungen.

Es freut mich, dass er sein Schneckenhaus immer weiter hinter sich lässt.

Schmunzelnd reiche ich ihm die Hand.

„Sorry. Ich nehm's zurück."

„Danke." Er führt meine Hand zu seiner Stirn und füllt meine Energie auf. Es ist mir ein Rätsel, woher er die ganze Kraft nimmt. Aber vielleicht erfahren wir das jetzt von Neven.

Zurück im Zimmer sehen wir ihn an der vorbereiteten Feuerstelle sitzen. Wir leisten ihm Gesellschaft.

„Haben dir deine Eltern nicht beigebracht, dass man nach dem Kokeln ins Bett pinkelt?", frage ich Neven. Er lacht.

„Nein. So etwas haben sie mir nie erzählt."

„Ernsthaft. Geräuchertes hält sich zwar länger, aber es ist ziemlich dumm, hier ein Lagerfeuer zu machen. Lass uns lieber rausgehen."

„Nein, das Feuer wird nicht rauchen", verspricht er.

„Hä?" - ‚Das geht doch gar nicht.'

Neven ignoriert das Fragezeichen auf meiner Stirn und wendet sich Mio zu, der auch nicht besser guckt.

„Formst du bitte eine Energiekugel und lenkst sie ins Feuer?" Neven rückt beiseite.

„Ja", antwortet Mio. Er wirft mir einen fragenden Blick zu.

Ich seufze. „Dann mach ich wenigstens ein Fenster auf."

„Nein! Hier darf kein Wind wehen, Milan."

„Aber- ..."

„Nein", wiederholt Neven streng.

„Ist ja schon gut."

Ich setze mich mit Abstand zu dem Holzhaufen auf den Boden.

„Warte einfach ab. Mio, bist du soweit?"

„Ja."

„Okay, dann entfache jetzt das Feuer mit deiner Energie."

Mio lenkt die Energiekugel zum Holz und wartet geduldig, bis das Reisig entflammt. Im Nu wird es warm im Raum und ein gemütliches Knacken des Holzes ist zu hören. Rauch entsteht allerdings nicht.

„Wie krass. Du hast Recht. Kein Rauch", staune ich.

Neven nickt und entfernt sich einen Schritt vom Lagerfeuer.

„Die Flammen aus Mios Energie unterscheiden sich von normalem Feuer. Wenn du das Holz beobachtest, wirst du feststellen, dass es nicht zu Asche verbrennt, sondern solange lodert, bis wir die Flammen löschen."

„Wow, Mio. Jetzt bist du nicht nur eine Batterie, sondern auch eine Heizung. Hätten wir das eher gewusst, wären wir vor einigen frostigen Momenten gefeit gewesen."

„Das geht nicht immer", sagt Neven. „Es braucht einen trockenen und windstillen Raum, um diese Art Feuer zu entfachen. Unter freiem Himmel wird es nicht funktionieren."

„Deswegen das geschlossene Fenster", schlussfolgere ich.

„Genau. Jetzt kommt der zweite Schritt. Ich brauche jetzt euch beide."

„Aha, was sollen wir tun?" Ich kann den nächsten Zaubertrick kaum erwarten.

Neven schmunzelt.

„Als Nächstes werdet ihr euch beide nackt ausziehen und in das Feuer stellen."

„WAS?!" – Langsam verdienen Mio und ich eine Medaille im Synchronschreien.

Neven kichert.

„Ein Scherz. Die Knochenlese hat nichts mit der Hypnose und dem Unterbewusstsein gemein. Aber ihr solltet mal eure Gesichter sehen."

‚Knochenlese? Hypnose? Moment!' - Es macht *klick*. Ich starre Mio an. „Ihr wart dabei nackt?", äußere ich perplex meine Schlussfolgerung.

„Sei still", sagt er verlegen. „Ich sag kein Sterbenswörtchen."

„Miss Verklemmtheit Number One hat für dich die Hüllen fallen lassen? Wow, darauf kannst du dir echt was einbilden."

Ein amüsiertes Grinsen breitet sich auf meinem Gesicht aus. „Kein Wunder, dass sie das lieber mit ihrem Crush als mit mir machen wollte. Wie weit seid ihr denn gegangen?"

„Hätte ich nur nichts gesagt", seufzt Neven kopfschüttelnd. „Bitte konzentriert euch wieder auf unsere Aufgabe. Mithilfe der Knochenlese wollen wir überprüfen, ob die Vision aus der Hypnose zutrifft. Milan, wirf eines deiner Haare in die Flammen."

„Ein Haar? Na gut, wenn's sein muss."

Ich trete vor und vergesse die Stichelei. Geduldig sehe ich in das Feuer, nachdem ich meinen Teil beigetragen habe. Auch Mio weicht die Schamesröte aus dem Gesicht, während er gespannt das Lagerfeuer betrachtet.

„Da passiert nichts. Dein Zaubertrick ist fehlgeschlagen", sage ich, aber Neven hebt die Hand. Er deutet auf den Ursprung des Feuers. Und tatsächlich. Die Flammen glimmen blau auf dem Holzscheit.

„Boah, krass. Das ist blau", antworte ich.

„Damit ist es bewiesen", lächelt Neven und löscht das Feuer mit einer eleganten Bewegung seines Energiestabes. „Ich weiß, wie wir eure Macht vollständig entfachen."

„Hä?"

„Wie kommst du jetzt darauf?", fragt Mio verwirrt.

„Ich sage es euch. Doch bevor ich mich in endlosen Erklärungen verliere, möchte ich euch die Antwort zeigen."

„Zeigen?", hake ich nach.

„Setzt euch, schließt die Augen und gebt mir eure Hand. Ich werde euch mein Wissen per Gedankenübertragung visuell nacherleben lassen."

Mio und ich tauschen einen verwirrten Blick, bevor wir gehorchen. Brav setzen wir uns unserem Freund gegenüber. Wir geben ihm wie gefordert eine Hand.

„Augen zu und genießt die Show", sagt er, konzentriert sich und bald sehe ich einen Film vor meinem inneren Auge. Gespannt folge ich Nevens Erzählung.

„Es war Nacht. Nur der Vollmond leuchtete am Himmel und tauchte den Steinaltar beim Baum der Ewigkeit in ein weißes Licht. Er stellte den Mittelpunkt der Tempelanlage auf dem Berg des Ur-Volkes dar."

‚Woher kenne ich diesen Ort?', kommt mir in den Sinn.

„Eigentlich war der Zutritt nur dem Ältesten, den Geistlichen und Auserwählten des Dorfes gestattet – jedoch nicht in jener Nacht. Damals waren alle Einwohner des Ur-Volkes versammelt. Sie standen abseits im Schatten. Ihre Gesichter waren streng und konzentriert auf die vom Mondlicht erleuchtete Mitte gerichtet. Unter ihnen befand sich der Ur-Älteste: Ein alter Mann mit tiefen Falten im Gesicht. Er ging an einem Holzstock und betrat das Zentrum aller Aufmerksamkeit. Schritt für Schritt bahnte er sich seinen Weg durch die wartenden Menschen, bis er vor dem Altar stand und mit tiefer Stimme zu sprechen begann: *Meine Söhne und Töchter, der Moment, auf den wir die letzten Jahre nach der Opferung von Fatums Auserwählter gewartet haben, ist gekommen.*

Ein Raunen ging durch die Menge. Der alte Mann ließ sich nicht beirren und sprach weiter: *Wir trauten unserem Gott – vertrauten Fatum unser Wohlergehen an. Wir opferten ein junges Mädchen aus unserer Mitte. Wir gaben ihm eine unserer Töchter, um endlich den Frieden unter die Menschen zu bringen. Dies ist nun so viele Jahre her – so viel Zeit ist vergangen, in der das Leid und der Kummer weitergewachsen sind.*

Der Ur-Älteste hob seine Arme in die Luft, legte den Kopf in den Nacken und schaute zum Himmel empor.

Hier stehen wir, Meister Fatum – Eure Kinder, die Ihr verraten habt. Ihr seid uns in den Rücken gefallen, habt unser kostbares Opfer nicht gewürdigt und für Eure Machtinteressen missbraucht. Ihr wollt keinen Frieden säen. Ihr wollt die Menschen bluten sehen. Wir sind Eure Spielfiguren. Aber damit ist jetzt Schluss!

Es muss ein Ende haben!

Ja, es ist genug!

Wir wollen frei sein!

FREIHEIT!

Die Menschen stimmten ihrem Anführer zu und schrien ihre Wünsche in die Mondnacht hinaus. Der Älteste ließ sie gewähren, bis er es wohl für genug empfand und mit gesenktem Haupt und beschwichtigenden Handbewegungen für Ruhe sorgte.

Meine Söhne und Töchter. Wir werden unser Wissen und unsere Macht nutzen, um dem Treiben von Meister Fatum und Teufel Malum ein Ende zu bereiten. Wir werden die Menschen von den Tyrannen befreien und ihnen zu dem langversprochenen Frieden und der Freiheit verhelfen, die sie verdienen.

Das anwesende Ur-Volk stimmte dem Weisesten zu. Er pochte mit der unteren Spitze des Holzstabes zweimal auf den Boden, und alles verstummte. Alle Augen waren auf ihn gerichtet, als er die Keys bat, zum Altar zu kommen.

Rechts und links von dem Ur-Ältesten traten die Menschen beiseite und bildeten einen Durchgang. Zwei Erwachsene schritten zum Altar. Sie hielten jeder ein Bündel in der Hand, welches sie auf dem kalten Stein ablegten. Beide Personen ließen den Blick gesenkt, während der Ur-Älteste zu ihnen trat und jedem eine Hand auf die Schulter legte.

Ein Key für den Weg, ein Key für die Richtung, sprach der alte Mann andächtig. *Ihr bringt das größte Opfer.*

Eine der beiden Personen schluchzte. Die Masse schwieg, während sich die Traurigkeit durch die Reihen fraß.

Es wird nicht umsonst sein, versprach der Ur-Älteste und schickte die Erwachsenen zurück in die Menge. Die Reihen schlossen sich und zurück blieben die beiden Bündel auf dem Steinaltar, die von dem alten Mann ausgepackt wurden. Seine adrigen Hände legten zwei Neugeborene frei, welche zu schreien begannen, als die kalte Luft der Nacht ihre nackte Haut berührte.

Zwei Leben, geboren in einer Vollmondnacht – rein von allem Bösen und vom gleichen Blut – bereit, unserer Welt die Freiheit zu bringen.

Freiheit, riefen die Menschen und ließen das Schreien der Babys untergehen. Sie traten mit ihren Füßen auf den Boden. Die Luft schien zu schwingen. Der Ur-Älteste legte seine Handflächen einmal links und rechts auf die jeweilige Brust der Neugeborenen. Er schloss die Augen. Sein Stock am Boden war nicht mehr wichtig. Er schien sich auf den Rhythmus, dem ihm die Stimmen der Menschen vorgaben, zu konzentrieren.

Der Erste weist den Weg, der Zweite die Richtung. Die Bosheit verbrennt im Feuer des Phönix zur Geburtsstunde der Freiheit allen Lebens. Bringt uns die Freiheit!

Augenblicklich erstrahlte ein grelles Licht unter seinen Handflächen, welches sich in Sekundenschnelle ausbreitete. Es umfasste schon bald die Körper der Neugeborenen und umschloss den Steinaltar mitsamt dem Ur-Ältesten."

Neven lässt unsere Hände los und der Film endet. Fassungslos sehe ich den Jungen vor mir an.

„Was war das?", fragt Mio. Seine Stimme klingt geschockt.

„Das war das Ritual, in dem eure Seelen zu den Keys wurden", erklärt Neven.

„Deswegen kannte ich den Ort und die Leute! Aber warum? Wie kann das sein? Das ist doch schon ewig her", sage ich aufgeregt.

„Die Erinnerungen sind in eurem Unterbewusstsein gespeichert. Ich habe sie mit der visuellen Gedankenübertragung lediglich aufgefrischt."

„Dann waren diese Babys Mio und ich …?"

„Sie waren eure Vorfahren, um genau zu sein."

Ich starre Mio an. Er ist blass und schluckt stark. In dem Moment kommt mir die Frau in den Sinn, die ich während meiner Gefangenschaft in der Quälerei gesehen habe. Ich packe Mio an den Schultern und schüttle ihn energisch.

„Kannst du dich jetzt an das Aussehen deiner Mutter erinnern?"

„Lass los", ruft er aufgelöst und wehrt mich ab. „Ich erinnere mich nicht."

„Du musst dich nicht erinnern", mischt sich Neven ein und hat unsere Aufmerksamkeit. „Warum fragst du nach ihrem Aussehen, Milan?"

„Als ich in dem Qual-Glas steckte, sah ich eine junge Frau, die Mio zum Verwechseln ähnlich war. Sie blickte auf ein Baby in einer Wiege hinab und lächelte es an. Ich verfolgte alles aus der Perspektive des Babys und nehme an, dass das Mios Erinnerung war. Ich hatte vorher bereits Visionen aus seiner Sicht während meiner Gefangenschaft gehabt."

„Lagen die auch in der Vergangenheit?"

„Nein, das war die Gegenwart."

„Dann ist die Vision mit dem Baby wahrscheinlich deine eigene Erinnerung", erklärt Neven. „Sie ist wie das Ritual, in dem du zu einem Key wurdest, in deiner Seele gespeichert und nur in deinem Unterbewusstsein abrufbar."

„Was hat das zu bedeuten? Kannte ich jemand aus Mios Familie?"

Neven blickt nachdenklich zwischen uns hin und her, bevor er weiterspricht.

„Es ist nur eine Theorie, jedoch möchte ich dieser anhand der jüngsten Beobachtungen nachgehen. Mio, greifst du bitte Milan mit deiner Energie an? Und du Milan, wehr dich nicht."

„Hä?"

„Ich hab ihn doch aber schon- …"

„Das brauche ich kein zweites Mal, Neven!"

Er winkt ab. „Nicht mit den Fäusten. Mio muss seine Energie benutzen."

„Warum?", fragen wir im Chor.

„Ist nur ein Test." Er geht auf Abstand. „Nehmt euch nicht zurück. Wenn es stimmt, was ich denke, wird nichts Schlimmes passieren."

Irritiert sehe ich Mio an, bevor ich aufstehe. Meine Neugier ist stärker als meine Vernunft. „Los, greif mich an. Ich will wissen, von was der Knirps redet."

Mio ist skeptisch.

„Aber wenn ich dich verletze und du dich auflöst …", gibt er zögernd zu bedenken, doch er kann mich nicht umstimmen.

Ich setze ein provokantes Grinsen auf.

„Überschätz dich nicht", sage ich.

Mio seufzt und steht endlich auf. Er bündelt Energie in seiner Hand.

„Mehr, Mio. Zeig keine Gnade", fordert Neven.

‚Na, hoffentlich geht das nicht nach hinten los', denke ich angespannt und beobachte, wie der Energieball in seiner Hand wächst und immer größer wird. ‚Die Fäuste wären mir doch lieber.'

„Gut, das reicht. Jetzt feure auf Milan."

Mio scheint sich unschlüssig zu sein.

„Du hast meine Erlaubnis. Jetzt schieß endlich", sage ich.

Er schickt die Energie halbherzig zu mir. Sie verpufft. Ich spüre nichts, obwohl ich mich nicht verteidigt habe. Wir sind beide überrascht.

„Es ist wie ich dachte", sagt Neven. „Eure Auren haben sich aufeinander eingestimmt, weshalb eure Energieangriffe euch nicht mehr schaden."

„Warum das auf einmal? Mio hat mich in der Höhle doch auch gebrutzelt, als er ausgerastet ist."

„Nein, du warst nur bewusstlos. Mios Aura hat dir nicht geschadet. Soweit ich weiß, gab es seit der Entstehung der Keys noch nie diese Synchronisation der Energien."

„Stopp! Ich komm nicht mehr mit. Was hat das zu bedeuten? Können wir unsere Macht jetzt vollständig kontrollieren?"

Plötzlich kracht es. Der Boden wackelt.

„Scheiße", rufe ich erschrocken, als das Haus immer schiefer wird und wir Richtung Fensterfront rutschen.

„Was ist das?", fragt Mio und hält sich an mir fest. Auch Neven rutscht zu uns.

„Das Haus scheint einzustürzen. Teleportier uns raus, Mio", fordert er.

Keine Sekunde später befinden wir uns abseits des verlassenen Hochhauses, das in sich zusammenkracht. Staub wirbelt auf. Die Luft verfärbt sich schwarz und es entsteht ein Höllenlärm. Der Verkehr auf den Straßen kommt zum Erliegen, da die Trümmerteile eine Weiterfahrt verhindern.

„Warum passiert das, Neven?", frage ich.

„Wir müssen schnell- ..." - Weiter kommt er nicht. Direkt neben uns schlägt ein Energiegeschoss ein und hinterlässt einen Krater im Boden. Wir können knapp ausweichen und sehen unserem Feind ins Angesicht. Es ist kein Schatten, sondern ein hübsches Mädel mit einem großen Hammer in den Händen.

„Drei Verräter", zählt Fatums Soldatin. „Wo ist die Erste Dienerin?"

„Aurelia Faye", keucht Neven.

„Lass uns in Ruhe!", fordere ich wütend. „Wir haben nichts mit dir zu tun."

„Ihr habt den Meister verraten. Ich bin hier, um euch zu richten und den Ersten Key zurückzuholen."

Ich stelle mich vor Mio.

„Warum wollen alle immer nur Mio haben? Bin ich der Loser-Key oder was?"

„Tritt beiseite."

„Vergiss es, Schnecke."

„Stirb!" Das Gespräch ist beendet. Aurelia schwingt ihren Schlaghammer und erschafft den nächsten Krater im Boden. Uns bleibt nur die Flucht.

x|Mio, wir müssen weg. Teleportier uns so weit weg wie möglich.|x, höre ich Nevens Stimme in meinem Kopf.

Mio antwortet ihm.

x|Ich kann nicht. Ich verbrauche zu viel Energie und bin zu erschöpft.|x

x|Du darfst nicht nur deine Kraft beim Teleportieren nutzen. Verwende auch Milans und meine, so wie es Raxia immer macht.|x

x|Ausweichen!|x, denke ich und reiße die beiden mit mir, damit wir nicht von Aurelias nächstem Angriff erwischt werden. Der Aufprall ihres Hammers lässt einen Hydranten platzen. Das Wasser schießt ihr ins Gesicht, sodass sie nicht sieht, wo wir uns verstecken. Geduckt bleiben wir hinter dem Müllcontainer hocken.

x|Könnt Ihr sie nicht ablenken und ich greife von hinten an?|x, frage ich.

x|Das ist zu riskant. Aurelia hat eine starke Abwehr und ist gegen fast alle Angriffe immun, nutzt sie ihren Schlaghammer.|x

x|Wieso sind auf einmal alle immun? Baller ihr halt deine Magie rein, Neven. Die sollte ihre Abwehr lahmlegen. Mio und ich lenken sie bis dahin ab.|x

x|Uns wird wohl nichts anderes übrig bleiben.|x

x|Sie darf aber nicht sterben|x, wendet Mio ein.

Ich nicke ihm zu.

x|Wir sind die Guten. Also los. Zeigen wir der Schnecke wo der Hammer hängt |x, antworte ich.

Aurelia sieht sich suchend nach uns um. Die Chance nutzen wir. Mio und ich greifen aus dem Hinterhalt an, damit Neven unbemerkt seinen starken Magieangriff vorbereiten kann. Aurelia fällt auf die Taktik rein. Sie stürmt mit dem Hammer auf uns los, bis Neven ihr eine dreifache Salve in den Rücken feuert. Sie schreit auf. Ihre Waffe verschwindet und sie landet ohnmächtig mit dem Gesicht im Dreck.

,Das ging schnell', denke ich erleichtert.

„Wir müssen weg. Die Rettungskräfte sind unterwegs", erklärt Neven. Ich habe die Sirenen ebenfalls gehört. Hurtig werfe ich mir die bewusstlose Aurelia über die Schulter.

KAPITEL 3

Wir haben Aurelia gefesselt und sind in einem Kanal untergekommen. Nun beraten wir, wie es weitergeht.

„Wenn wir sie gehen lassen, verpetzt sie uns an die Echse", vermute ich.

„Wenn wir sie hierlassen, verliert sie Energie und löst sich irgendwann auf", sagt Mio.

„Nehmen wir sie mit, behindert sie uns", meint Neven.

Ratlos sehen wir uns an.

„Ihr Verräter solltet euch was schämen", meckert Aurelia, während sie versucht, sich von den Fesseln zu befreien. „Ihr verbündet euch mit dem Feind!"

Wir ignorieren sie.

„Was machen wir, wenn sie jemand suchen kommt? Hat sie auch einen Teamkameraden, Neven?", frage ich.

Er hebt die Schultern.

„Eigentlich nicht. Aurelia ist stark und kämpft allein. Ich weiß aber nicht, inwiefern Fatum die Trupps verändert hat, seit wir geflohen sind."

„Mist. Was machen wir nur?"

„Ihr werdet bis in alle Ewigkeit in der Quälerei schmoren, ihr elenden Verräter", meckert unsere Geisel.

„Kannst du mal leise sein?", knurre ich. „Wir denken nach."

„Fatum wird über euch richten!"

„Wie nervig."

„Und wenn wir sie laufen lassen?", fragt Mio. „Fatum weiß, dass wir hier sind. Er hat keinen Vorteil, kehrt Aurelia zu ihm zurück."

„Spinnst du? Wenn wir sie laufen lassen, greift sie uns zu einem anderen Zeitpunkt wieder an. Ich hab keinen Bock, wie 'ne zerquetschte Fliege an ihrem Hammer zu kleben."

„Sei es drum", seufzt Neven und geht zu Aurelia, um die Fesseln zu lösen.

Ich will ihn aufhalten: „Spinnst du? Hast du nicht gehört, was ich gerade gesagt habe?"

Neven setzt sein Handeln unbeirrt fort.

„Aurelia, sag Meister Fatum, dass wir in der Menschenwelt sind, um den Zweiten Key zu finden. Milan ist es nicht. Sobald wir den Richtigen haben, werden wir alles daransetzen, die Prophezeiung zu erfüllen."

„Du lügst! Er hat doch vorhin selbst gesagt- …"

„Wir wollten es geheim halten, deswegen hat er vorhin gelogen", unterbricht er sie. „Das geben wir jetzt auf. Meister Fatum hat sowieso bereits geahnt, dass sich Raxia bei Milan geirrt hat."

„Warum sollte ich euch Verrätern glauben und euch nicht an Ort und Stelle zerstreuen?", zischt sie und geht auf Abstand, sobald Neven die Fesseln gelockert hat.

„Deine Energie reicht nicht für einen weiteren Angriff", erklärt er ruhig und deutet auf ihre fehlenden Hände und Füße. „Deine kraftvollen Angriffe verbrauchen zu viel Energie in der Menschenwelt."

Aurelia verzieht wütend das Gesicht. Im Trotz beschwört sie ihren Hammer. Prompt werden auch ihre Arme und Beine transparent.

„Pass auf, bevor du tatsächlich verschwindest", warne ich sie. „Wir sind nicht deine Feinde. Wenn uns jemand fürchten sollte, dann die verdammten Drachen."

Wütend sieht sie mich an und scheint zu überlegen, ob sie alles auf eine Karte setzt und für ihre Überzeugung stirbt, - oder ob es klüger ist, aufzugeben. Zum Glück entscheidet sie sich für die zweite Variante. Der Energiehammer verschwindet.

„Das werdet ihr bereuen, Verräter. Beim nächsten Mal gewinne ich."

Sie flieht aus unserem Versteck. Wir lassen sie entkommen. Erschöpft lehne ich mich gegen die Kanalwand.

„Scheißdreck. Jetzt wird es nicht lange dauern, bis Fatum uns noch mehr Soldaten auf den Hals hetzt. Was hast du dir nur dabei gedacht, Neven? Warum hast du erzählt, dass ich kein Key bin?"

„Mio, erinnerst du dich an das Portal, durch welches du mit dem Phantom-Schatten gewandert bist?"

Ich werde offensichtlich ignoriert.

Mio hebt nachdenklich den Blick.

„Hm… ja. Das war bei einem Felsen in einem Wald in Amerika."

„Teleportier uns dorthin. Ich habe eine Theorie."

„Schon wieder?", frage ich. „Du hast uns die Letzte noch nicht mal erklärt. Jetzt reisen wir rund um den Kontinent?"

„Ich helfe dir beim Regenerieren, Mio. Anschließend bringst du uns zu diesem Felsen. Vielleicht können wir das Portal benutzen."

„Immer diese *Vielleichts*. Mann, das nervt."

„Okay", willigt Mio ein und ignoriert meine Nörgelei.

„Umso eher wir Raxia helfen können, desto besser", sagt er.

„Dann leg dich hin. Ich werde dich in Regenerationsschlaf versetzen. Das kann ich nicht oft anwenden, also nutz die Zeit. In zehn Minuten solltest du fit genug sein, um uns mit deiner Technik zu teleportieren."

Gesagt, getan. Meine Meinung wird außer Acht gelassen, aber was soll's. Ich blicke eh nicht durch und solange die Hoffnung besteht, dass wir Raxia helfen und nicht von Fatums Soldaten ermordet werden, bin ich dabei.

Schon bald befinden wir uns vor einem gigantischen Felsen. Ich lege fasziniert den Kopf in den Nacken und starre in die Höhe.

„Ist das Ding riesig", staune ich. Mio und Neven suchen derweil nach dem gehörnten Schädel im Gestein.

„Da du das Portal bereits benutzt hast und der Erste Key bist, der den Weg vorgibt, solltest du es öffnen können", erklärt Neven seine Vermutung anhand Zodans Prophezeiung.

Mio sucht eifrig weiter.

„Erklärst du uns, sobald wir Raxia haben, warum wir eine so besondere Generation der Key-Seelen sind, Neven? Wir wurden vorhin unterbrochen", erinnere ich ihn.

„Ja, ich werde es euch dann in Ruhe erklären."

Mio schreckt zurück. Er hat das Symbol gefunden.

„Perfekt", strahlt Neven, als er das Leuchten in dem Gestein erkennt. „Füll unsere Energie auf, Mio. Ich verstärke unsere Abwehr mit meiner Magie und anschließend retten wir Raxia."

„Endlich ein Plan, den auch ich kapiere", sage ich und warte ungeduldig, bis wir die Schattenwelt betreten.

Sie ist ein sehr hässlicher Ort, wie ich schnell feststellen darf.

„Hätte nicht gedacht, dass es einen schlimmeren Ort als das Nichts gibt." Ich bin enttäuscht. Hier ist es finster und unheimlich. Würde ein Kettensägenmörder hinter dem nächsten kahlen Baum hervorgesprungen kommen, wäre das keine Überraschung. Echt abartig, diese Gegend.

Mio scheint jedoch etwas anderes zu beschäftigen.

„Wieso haben Milan und ich in der Schattenwelt keinen Energiekörper, Neven?", fragt er. „Mir ist das Letztens schon aufgefallen. Alle Soldaten Fatums hatten eine Energie-erscheinung, nur ich und die Schatten nicht. Jetzt bist du der Einzige, der diese Form hat. Warum?"

„Genau weiß ich das nicht, aber ich glaube, das liegt an eurer Eigenschaft als Key."

„Klärt das später", motze ich. „Raxia wartet auf uns. Wir haben lang genug getrödelt."

„Ich spüre sie dort hinten", sagt Neven. Unser Weg führt vorbei an einer Wiese mit leuchtenden Blumen, die wohl das einzig Schöne an diesem hässlichen Ort sind.

„Nimm dich vor ihnen in Acht", warnt mich Neven, weil er wohl meinen faszinierten Blick bemerkt hat. „Das ist die Geisterblumenwiese. Man sagt, dass die Blüten die Überreste von niederen Schatten sind, die hier bis in alle Ewigkeit auf Beute lauern."

„Und ich wollte mir einen schönen Kranz flechten. Was für ein Ärger."

Wir erreichen eine Höhle.

„Da drin muss sie sein", mutmaßt Neven im Flüsterton.

„Hier ist es finster", jammert Mio. „Da lauern bestimmt Fluchschatten."

„Die hauen wir um", versichere ich ihm. „Wir sind zu dritt und viel stärker als früher. Beiß die Zähne zusammen."

„J-Ja."

Die Höhle ist ein Labyrinth. Es gibt unzählige Gänge, die sich ineinander winden und irgendwie alle gleich aussehen. Wir haben uns bald verlaufen. Die Taktik, stur Raxias Energie zu folgen, ist nicht aufgegangen.

„Was machen wir jetzt?", frage ich Neven.

Er sieht mich nachdenklich an.

„Findet ihr es nicht auch merkwürdig, dass wir uns in der Schattenwelt befinden und noch nicht einem einzigen Bewohner über den Weg gelaufen sind?"

„Hm, jetzt wo du es sagst …"

„Wir laufen sicher direkt in eine Falle. Oder sitzen bereits drin", sagt er.

„Das fällt dir nicht früher auf?!"

„Milan, pscht. Schrei nicht so rum."

„Verdammt", knurre ich. „Raxia, wo bist du? Ich hab keinen Bock mehr."

Plötzlich schreit Mio. Seine Finger krallen sich in meine Klamotten, als etwas an ihm zieht.

„Ein Fluchschatten!", ruft Neven entsetzt. Ich fahre herum und halte Mio fest. Er ist wie ein Seil in der Luft gespannt.

„Wieso haben die es immer auf dich abgesehen?", rufe ich wütend und fordere Neven auf, den Schatten anzugreifen. Er hat schon längst sein Ziel ins Visier genommen. Der Angriff sitzt. Der Fluchschatten explodiert und wir werden tiefer in die Höhle geschleudert. Meine Ohren klingeln, als ich mich aufrapple und Mio von mir runter schiebe.

„Alles ok?", frage ich.

„Ja", keucht er und bedankt sich. Auf einmal höre ich ein seltsames Geräusch.

„Hört ihr das auch?", frage ich.

Mio sieht sich ängstlich um. „Was ist das?"

„Unser Empfangskomitee", meint Neven und in dem Moment tauchen unzählige Fluchschatten vor uns auf. Sie zeigen ihr Gesicht. Wir blicken in gruselige Totenköpfe, die ihre Kiefer weit aufgerissen haben und nach uns schnappen. In null Komma nichts sind wir zurück auf den Beinen und rennen vor ihnen davon. Sie treiben uns ins Herz der Höhle, bis wir uns in einem gigantischen Raum befinden, dessen Ende ich nicht einsehen kann.

„Was machen wir jetzt?", rufe ich aufgeregt. Die Fluchschatten umrunden und schneiden uns den Weg ab. Gezwungen halten wir an und stellen uns Rücken an Rücken.

„Haltet sie auf Abstand. Sie dürfen uns nicht zu fassen bekommen", erklärt Neven.

Doch gerade als wir angreifen wollen, hören wir ein tiefes Stöhnen und die Fluchschatten schrecken zurück. Sie kreischen und verpuffen in schwarzem Nebel, der von einer kalten Luft hinweggeblasen wird. Voller Furcht sehe ich nach oben zur Höhlendecke. Aus der Richtung kam der Wind. Zwei böse leuchtende Augen starren mich an. Mein Körper erstarrt. Ich glaub, ich mach mir gleich in die Hose.

„Herzlich willkommen", raunt Malum höchstpersönlich. Der gigantische Drache mit den schwarzen Schuppen baut sich vor uns auf. Mio sinkt auf die Knie. Neven schluckt stark und mir klappt die Kinnlade runter, als ich diesem riesigen Vieh gegenüberstehe.

Malum ist der Wahnsinn. Kein Vergleich mit dem winzigen Fatum. Selbst in der Qual-Glas-Vision wirkte er nicht so gigantisch wie in echt.

„Erst geht mir Fatums Hexe ins Netz, und jetzt die beiden Keys. Heute muss mein Glückstag sein", sagt der Drache.

Ich finde zuerst meine Sprache wieder. – „Wo ist Raxia?"

„Habt ihr den langen Weg auf euch genommen, um sie zu retten?"

„Sag uns sofort, wo du sie versteckt hast!"

Malum lacht mich aus.

„Was passiert, wenn ich es nicht tue?", höhnt er.

Ich packe mir Mio und halte ihm die Schneide eines Energieschwertes an die Kehle. Meine bloßen Gedanken scheinen es beschworen zu haben. – ‚Warum kann ich das auf einmal?'

Ich lasse mir meine Verwirrung nicht anmerken. Es gilt ein glaubhaftes Schauspiel abzuliefern.

„Wenn du sie uns nicht zurückgibst, wird er hier sterben."

x|Was tust du da?|x, fragt Mio geschockt.

x|Spiel mit. Das muss echt aussehen.|x

„Denkst du im Ernst, ich bin so dämlich?", lacht Malum.

Er nähert sich mit seinem riesigen Schädel. Ich kann ihm direkt ins Nasenloch gucken.

„Du würdest ihn niemals verletzen."

„Sei dir da nicht so sicher."

„Überlasst ihn mir, dann gebe ich euch die Hexe und ihr könnt gehen."

„Woher soll ich wissen, dass Raxia noch lebt?"

„Ihre Aura hat euch doch zu mir geführt, nicht wahr? Dann wird sie wohl noch am Leben sein – mehr oder weniger."

„Ich will sie sehen."

Malum prustet mir seinen Dampf ins Gesicht, bevor er den Schatten den Befehl erteilt, Raxia zu uns zu bringen. Kurz darauf taucht sie im schwarzen Nebel auf. Gefesselt und geknebelt liegt sie auf dem Boden. Sie scheint bewusstlos. Neven eilt zu ihr, um sie zu befreien. Ich starre den Drachen wütend an, während ich Mio weiterhin als Geisel halte.

„Das büßt du", knurre ich.

„Gib mir den Ersten", verlangt er unbeeindruckt.

x|Liefert mich aus und flieht von hier|x, denkt Mio.

x|Würdest du nicht zittern wie Espenlaub, könnte ich dir dein Angebot regelrecht abnehmen. Nie und nimmer lass ich dich hier. Obwohl ich langsam wirklich eifersüchtig werde, weil alle immer nur dich wollen und mich gar nicht für voll nehmen.|x

x|Ich will aber nicht, dass ihr auch noch wegen mir sterbt!|x

x|Spar dir den Mist. Entweder wir kommen hier alle raus oder keiner von uns.|x

Neven klinkt sich in unser Gespräch ein.

x|Die Decke, Milan. In der Schattenwelt gibt es anders als im Nichts richtige Schwerkraft. Versuch die Decke zum Einsturz zu bringen. Wenn Malum unter den Trümmern begraben wird, können wir fliehen. Er mag zwar wahnsinnig stark sein, aber seine Größe ist seine Schwachstelle, weil sie ihn langsam und unbeweglich macht.|x

Begeistert grinse ich Neven an. Er hält die bewusstlose Raxia im Arm und ist bereit.

„Was ist nun? Gib mir den Ersten Key", fordert Malum ungeduldig.

„Hier", sage ich, nehme mein Schwert weg und schubse Mio in Malums Richtung. Er bleibt geschockt vor dem Drachen stehen, der sein Haupt erhebt und sein Maul aufreißt. Speichel tropft von den spitzen Zähnen auf Mio und durchweicht ihn. Schlotternd lässt er sich auf den Hintern fallen.

x|Jetzt Milan!|x

Neven gibt mir das Zeichen. Ich nutze Malums Gier und seine damit verbundene fehlende Aufmerksamkeit meiner Person gegenüber. Ich bündle Energie und schieße sie Richtung Decke, während Neven mit Raxia so schnell er kann zum Höhlenausgang rennt.

Als Malum die herabstürzenden Gesteinsbrocken bemerkt, beginnt der Kampf. Er versucht mich davon abzuhalten, seine Höhle zu zerstören und hetzt mir die Fluchschatten auf den Hals. Sie kesseln mich ein. Ich greife die Feinde an. Sie verpuffen, sobald ich sie mit meiner Energie getroffen habe, kurz danach tauchen sie jedoch wieder auf.

Neven kommt mir zu Hilfe. Er hat Raxia am Ausgang der Höhle abgelegt und feuert Magiebälle auf die Feinde, doch sie werden einfach nicht weniger.

Malum lacht.

„Jämmerlich! Ich werde euch vernichten, ihr schwachen Kreaturen."

Der sinnlose Kampf zehrt an meiner Kraft. Die Abwehr zu durchdringen ist unmöglich. Mir kommt Mio in den Sinn. Ich kontaktiere ihn telepathisch.

x|Mio, ich brauch dich. Kannst du die Viecher von außen brutzeln? Deine Angriffe sollten sie nicht abwehren können.|x

Er reagiert verspätet, wahrscheinlich weil der Drache ihn im Visier hat.

x|Ich kann nicht! Malum lässt mich nicht angreifen und selbst wenn – ich habe mich nicht unter Kontrolle. Wenn ich explodiere, sterben Raxia und Neven vielleicht.|x x|Verfluchter Mist! Wieso können die Viecher nicht einfach verschwinden? Ich bin doch stärker als die!|x

Neven macht sich bemerkbar.

x|Sie verschwinden nicht, weil Malum wahrscheinlich ihre Abwehr gestärkt hat. Wenn wir den Bann entfernen, können wir gewinnen.|x

x|Und wie stellen wir das an?|x, frage ich, aber werde von Mios Schrei unterbrochen.

Malum hat ihn geschnappt. Er hebt ihn zwischen zwei Krallen in die Luft. Mios Aura tritt hervor. Wir haben nicht mehr viel Zeit. Ich gerate in Panik. Die Fluchschatten rücken mir immer mehr auf die Pelle und meine Angriffe verpuffen.

x|Scheiße! Neven! Mach was!|x

x|Ich hab eine Idee. Forme Energie und schieß auf sie, sobald ich dir das Signal gebe.|x

x|Aber das bringt doch nichts!|x

x|Vertrau mir.|x

Das ist in unserer Situation leichter gesagt als getan. Umringt von den schwarzen Nebelerscheinungen verliere ich Neven aus den Augen. Ich habe keine Ahnung, was er vorhat. Aus reiner Verzweiflung halte ich mich an besagten Plan und hau mit meiner Energie nur so um mich. Sie verpufft zwischen den Gegnern.

‚So ein Dreck‘, denke ich, bis mir einfällt, dass ich auf Nevens Zeichen warten sollte.

Die Luft wird dünner. Durch die Schatten erhasche ich einen Blick auf Mio. Er baumelt zwischen den Krallen als leuchtender Sack in der Luft. Noch hält er seine Aura im Zaum, aber es wird nicht mehr lange dauern, bis seine Angst die Kontrolle übernimmt.

In dem Moment höre ich Nevens Stimme in meinem Kopf. Er gibt mir das Signal zum Angriff. Zeitgleich werden alle Fluchschatten von seiner Magie umhüllt. Sie schimmern, als ich meinen Angriff starte und sie nacheinander ins Visier nehme.

Als die Energie sie trifft, traue ich meinen Augen kaum.

x|Neven, wie hast du das gemacht? Ich verfehle sie nicht mehr.|x

x|Ich habe sie mit einem Zauber unverwundbar gemacht, weshalb sie deine Energie als Heilung nicht mehr absorbieren können. Schieß an ihnen vorbei und bring die Höhle zum Einsturz. Meine Reserven reichen dafür nicht.|x

Das lasse ich mir nicht zweimal sagen. Mit gebündelter Kraft schieße ich nach oben. Malum bemerkt es zu spät, um es zu verhindern. Die Decke stürzt ein. Riesige Gesteinsbrocken fallen herab und begraben den Drachen unter sich. Die Fluchschatten verschwinden, sobald Neven seinen Zauber entfernt und sie wieder verletzbar sind.

Ich renne zu Mio. Malum hat ihn in seiner Not fallen lassen. Ich helfe ihm auf. Er ist glitschig von der Drachenspucke.

„Renn!", rufe ich ihm zu.

Mio beeilt sich. Wir laufen zu Neven und Raxia, die am Ausgang warten. Aber wir kommen nicht raus, denn die Fluchschatten tauchen wieder auf und blockieren uns den Fluchtweg. Wir müssen ausweichen und laufen weg. Neven ist mit Raxia im Schlepptau zu langsam. Ich nehme sie ihm ab. Gerade noch rechtzeitig können wir uns vor einem herabfallenden Gesteinsbrocken in einem Spalt in der Wand in Sicherheit bringen. Der Brocken schlägt keine Sekunde nach uns im Boden ein.

Erschöpft lasse ich Raxia runter und knie mich neben sie. Mio macht Licht. Wir sind mit dem Schrecken davongekommen.

„Der Weg ist versperrt", stellt Neven fest. „Der Stein ist vor dem Spalt gelandet. Wir müssen teleportieren."

„Dazu muss Raxia wach sein", sage ich.

Mio kniet sich besorgt neben sie. Ich halte mir die Nase zu. Drachensabber riecht echt widerlich.

„Sobald wir hier raus sind, badest du", sage ich.

Mio wirft mir einen beleidigten Blick zu, als wir plötzlich Malums lautes Gebrüll vernehmen. Der Boden zittert durch die Wucht seiner Stimme. Kleinere Steinchen rieseln von der Decke in unser Versteck. Ich beuge mich über Raxia, damit sie ihr nicht auf den Kopf fallen.

„Wir müssen weg", drängt Neven.

In dem Moment donnert Malums Schwanz gegen die Gesteinsbrocken am Eingang. Sie werden weggeschleudert. Der Weg ist frei, wäre da nicht der gigantische Drachenschädel, der sich vor das Loch schiebt.

Malum öffnet sein Maul. Ich sehe die spitzen Zähne, die so groß wie mein Unterarm sind. Die machen mir jedoch nicht die größte Angst. Viel schlimmer ist die Flamme, die sich in seiner Kehle zu einer Kugel formt. Es bleibt keine Zeit zum Überlegen. Ich packe Raxia unter meinen Arm. Mio und Neven berühren mich, bevor uns Mio in letzter Sekunde hinter den Drachen teleportiert. Erleichtert stelle ich fest, dass Raxia trotz fehlendem Bewusstsein den Sprung geschafft hat und nicht im Zwischennichts verloren gegangen ist. Mios Teleportationstechnik scheint präziser als ihre zu sein.

Die Flucht ist jedoch weiterhin unmöglich. Eine heiße Stichflamme aus Energie lässt den Felsspalt vor uns explodieren. Erneut fliegen uns Gesteinsbrocken um die Ohren. Einer davon trifft Malum auf dem Rücken. Er brüllt vor Schmerzen auf. Ich bekomme Gänsehaut.

„Das ist es!", ruft Neven. „Hast du die Stelle gesehen, Milan? Da, wo ihn der Stein getroffen hat?"

„Zwischen den Flügeln?"

„Ja! Greif ihn dort an. Mio, wir bringen Raxia in Sicherheit."

„Okay."

Malum schlägt mit seinem Schwanz um sich. Ich weiche aus, beschwöre das mysteriöse Energieschwert und renne auf dem geschuppten Schweif nach oben. Malum lässt mich durch die Luft fliegen. Ich lande mit Glück auf seinem Rücken und kann mich festhalten. Das passt ihm nicht. Er dreht sich durch die

Trümmer seiner Höhle und lässt noch mehr Wände einstürzen. Ich bete, dass meine Freunde von keinem Brocken getroffen werden.

„Das werdet ihr büßen, ihr Würmer!", brüllt Malum und schießt einen Feuerball direkt in meine Richtung. Er verfehlt mich und seine Flügel nur knapp.

Ich ramme mein Schwert zwischen seine Schuppen, um nicht abzustürzen. Danach heißt es zielen. Die Stelle zwischen den Flügeln blutet. Der Stein, der dort traf, hat Spuren hinterlassen. Offenbar sind die Schuppen hier nicht so dick.

„Das war's, Drache", rufe ich, will zum letzten Schlag ansetzen, aber werde plötzlich von Malums Rücken gepustet. Der Wind von seinen flatternden Flügeln lässt mich gegen die Wand knallen. Ich spucke Blut. Der Aufprall war heftig.

Zurück am Boden sehe ich erneut in das aufgerissene Maul mit dem Feuer im Schlund.

Mio packt mich. Er zerrt mich auf die Beine, während seine Aura um seinen Körper herum leuchtet. Malum weicht zurück, aber es ist zu spät. Ich höre Mio schreien und sehe in dem Moment sein Gesicht. Seine Augen sind voller Zorn. Ich will ihm noch zurufen, an Neven und Raxia zu denken, jedoch ist es sinnlos. Mios Aura explodiert. Der Druck schleudert uns durch den Raum. Wir fliegen in eine Horde Fluchschatten, die zu langsam waren und nun in Mios Energie verbrennen. Ihr Kreischen wird mir ewig in Erinnerung bleiben.

Als ich wieder zu mir komme, befinden wir uns auf den Trümmern. Nevens Schutzkuppel hat uns ein zweites Mal gerettet.

Benommen sitzt er neben Raxia und wirkt erschöpft. Sie ist immer noch bewusstlos. Mio ebenfalls.

„Verdammt", knurre ich und richte meinen schmerzenden Körper auf.

Ich blicke nach unten. Die Trümmer der Höhle sind verdammt hoch. Das war echt knapp. Doch plötzlich bewegen sich Steine direkt vor uns. Ich weiche zurück. Malums Maul bahnt sich den Weg durch das Geröll. Sein Auge funkelt mich an. Das andere hält er geschlossen. Es blutet.

„Dass ich so enden werde", keucht er. „Von einem einfachen Menschen besiegt." Er lacht. „Nein, du bist kein einfacher Mensch. Ihr beide nicht."

„Bist du jetzt fertig?", knurre ich.

„Wir hätten ihn damals töten sollen", hustet der Drache.

„Sprichst du von Zodan?", mischt sich Neven ein.

Malums Blick huscht zu ihm.

„Sprichst du von Zodan, dem ersten Menschen auf der Erde?", wiederholt Neven.

Malum lacht. Er verschluckt sich und hustet. Dampf schießt aus seiner Nase. Ich weiche zurück und starre fassungslos den gigantischen Schädel des Drachens inmitten des Schutthaufens an. ‚Von was reden die?'

Malum seufzt. „Das Ziel war zum Greifen nah und ist in unerreichbare Ferne gerückt. Wer hätte gedacht, dass sich die Prophezeiung erfüllt und wir sie als überlegene Rasse nicht aufhalten können. Eine Schmach."

„Jetzt ist es vorbei", sagt Neven.

Malum sieht in meine Richtung.

„Komm her", fordert er.

„Damit du mich fressen kannst? Ich denk nicht dran."

„Komm her. Ich will dir etwas geben."

Ich zeige ihm den Mittelfinger.

„Tu es, Milan."

Entgeistert wandert mein Blick zu Neven.

„Wir haben ihn besiegt", sagt er.

„Aber- ..."

„Geh."

„Wenn du dich irrst, suche ich dich heim." Widerwillig trete ich vor Malums Schädel. Mein Kopf ist in der Höhe seines Auges. Er glotzt mich an. Das ist furchterregend.

„Beschwör dein Schwert und schneide mein Auge heraus."

„Was!?"

„Das wird dir helfen, Fatum zu vernichten."

Ich zögere, bis ich Nevens Hand auf meinem Rücken spüre. Er nickt mir zu. Ich verstehe die Welt nicht mehr. Mein Körper wirkt wie ferngesteuert, als ich das Schwert in den Händen spüre und tatsächlich mit der Klinge Malums Auge herausschneide. Er hat dabei keine Schmerzen, was es aber nicht weniger brutal und blutig macht.

Angewidert halte ich den schweren Augapfel in den Händen.

„Iss es", fordert Malums schwache Stimme. Ich halte das für einen schlechten Scherz. „Iss es und du wirst mit meinen Augen sehen lernen."

„Verarsch mich nicht!"

Der Drache schweigt. Neven seufzt. Er lässt sich auf den Po sinken. Ich halte noch immer das Auge in den Händen.

Als ich es gerade wegwerfen will, hindert mich Neven daran.

„Tu, was er sagt."

„Ich esse gewiss kein Auge. Mir kommt's schon nur bei dem Gedanken hoch."

„Malum ist gerade gestorben. Er kann uns nicht mehr sagen, wie wir Fatum besiegen."

„Als ob der uns das verraten hätte."

„Fatum ist sein Erzfeind. Ich denke, er wollte, dass wir ihn töten. Also iss das Auge. Vielleicht erfahren wir einen Weg, Fatum zu besiegen."

„Das ist ein schlechter Witz. Iss es doch selbst."

„Ich bin kein Key." – „Ich will auch keiner sein! Soll Mio es doch essen, verdammt."

„Malum hat aber *dich* auserwählt."

Fassungslos gleitet mein Blick zwischen Neven und dem blutigen Auge hin und her. Ich weiß nicht, ob ich lachen oder heulen soll – oder kotzen. Danach steht mir gerade am meisten der Sinn.

Ich schlucke stark. Das Auge ist im Vergleich zum Drachen verhältnismäßig klein, aber immer noch so groß, dass ich es mit beiden Händen halten muss. Es würde lange dauern, bis ich das gegessen hätte... - Der Gedanke war zu viel. Angewidert wische ich mir über den Mund. „Niemals, Neven."

„Bitte Milan. Tu es für die Menschen."

„Nein."

„Dann tu es für deine Familie und Freunde. Ich bin mir sicher, dass es auf der Erde Menschen gibt, die dir wichtig sind."

„Ich esse kein Auge!"

„Dann versuch es zu absorbieren."

„Das ist doch dasselbe!"

„Nein, ist es nicht. Auch die Körper der Drachen bestehen aus Energie. Vielleicht kannst du die Kraft des Auges in dir aufnehmen, wenn du es an deine Stirn legst und absorbierst. Es ist gut möglich, dass du als Zweiter Key Energie nehmen kannst, wenn Mio als Erster sie gibt."

„Ich denke nicht dran. Vielleicht bin ich auch der Erste und ihr habt euch alle die ganze Zeit getäuscht."

Ich werfe Neven das Auge zu. Reflexartig fängt er es, jedoch lässt er es sogleich mit schmerzverzogenem Gesicht wieder fallen. Seine Hände glühen. Ich kann kaum glauben, was ich sehe. Zögernd hebe ich das Auge vom Boden auf. Es ist nicht schmutzig geworden.

„Wieso kannst du es nicht anfassen?"

„Weil nur die Keys in der Lage sind, die aguanischen Drachenschuppen zu berühren. Deswegen kann ich das Auge weder anfassen, noch meinem Körper einverleiben. Bitte Milan. Hör auf Malum und nimm sein Geschenk an."

„Und wenn das ein Trick ist und ich danach tot umfalle?"

„Wir müssen an das Gute glauben. Außerdem …"

„Jaja. *Außerdem bin ich schon längst tot.* Der Gag wird auch nie langweilig."

Ich seufze und betrachte missmutig mein *Geschenk*. Essen kommt auf keinen Fall in Frage. Nach Nevens rührseliger Rede bin ich jedoch bereit, die Energieabsorption zu versuchen. Ungeschickt drücke ich meine Stirn an das Auge und komme mir mehr als dämlich dabei vor – vom widerlichen Geruch mal ganz zu schweigen.

„Konzentrier dich und stell dir vor, die Energie über deine Haut in deinen Körper zu lenken."

‚Der hat leicht reden. Wie soll ich mir sowas Verrücktes vorstellen?'

„Du glaubst nicht daran, Milan. So wird es nicht klappen."

„Ich bin bemüht, okay?", antworte ich zickig, bevor ich mir wirklich Mühe gebe. Still halte ich die Augen geschlossen und fühle das matschige, kalte Auge an meinem Kopf. Bevor mich erneut der Ekel überkommt, spüre ich plötzlich Wärme. Mir wird ganz anders. Meine Hände beginnen zu brennen und in mir spielt alles verrückt. Ich will Malums Auge wegwerfen. Es klebt an meiner Haut und leuchtet. Plötzlich trifft mich eine Wucht. Ich verliere den Boden unter den Füßen. Alles wird schwarz. Ich treibe in der Endlosigkeit. Meine Gedanken sind konfus. Ich hab gewaltige Angst und bereue, auf Neven gehört zu haben.

Vor mir taucht Malum auf. Er schwebt im schwarzen Nebel. Seine Augen sind wieder komplett und leuchten in der Dunkelheit. Mehr ist von ihm nur schwer zu erkennen. Ich will in Angriffshaltung gehen, jedoch habe ich in der Schwerelosigkeit keine Kontrolle über meinen Körper.

„Du brauchst keine Angst haben", sagt Malum.

„Welche kranke Scheiße ist das? Wo sind die anderen?"

„Für sie steht die Zeit still, während wir uns unterhalten. Du befindest dich im Zwischennichts. Es ist der Übergang von der

3. zur 4. Dimension. Ein Ort, den du nur durch die Energie, die ich dir mit meinem Auge vermacht habe, betreten und verlassen kannst."

„Ich will zurück!"

„Später. Vorher will ich dir erzählen, warum du existierst."

„Das will ich nicht hören! Lass mich zurück!"

„Du hast keine Wahl. Versuch dich zu konzentrieren und deine Angst zu vergessen. Ihr Menschen habt zu viele Emotionen. Sie machen euch schwach. Euer Organismus wird von euren Nerven gesteuert, weshalb der Erste stets die Kontrolle verliert und seine wahre Macht nicht beherrscht. So werdet ihr Fatum nie besiegen."

„Dich haben wir so auch bekommen. Und außerdem: Als ob du wollen würdest, dass wir gewinnen. Du bist unser Feind."

„Denkst du?" Malum grinst. „Lass mich dir die Wahrheit über die Vergangenheit erzählen."

Ich will erst ablehnen, aber da ich bezweifle, allein zurück zu kommen, muss ich mir seine Geschichte anhören.

„Danach lässt du mich gehen!"

Malum nickt. „Es begann, nachdem Fatum und ich das erste gezüchtete Leben auf unserem Heimatplaneten Agua erschufen. Euphorisch präsentierten wir unsere Ergebnisse dem Vorstand und erhielten großen Zuspruch. Alle waren fasziniert von unserer Forschung. Sie erteilten uns den Auftrag, das Experiment auf einem leeren Planeten fortzuführen. Wir wählten dafür den Mond des benachbarten Sonnensystems. Er war damals größer als heute und lieferte gute Bedingungen, unsere gezüchtete Zivilisation anzusiedeln."

„Der Mond ist kein Planet."

„Damals war er es. Lass mich weitererzählen. Es war zunächst kompliziert die Objekte an die Lebensbedingungen anzupassen, aber es gelang schließlich. Wir nannten unsere Schöpfung *Mondaren Eins*. Sie entwickelten sich rasant. Es war faszinierend und beschäftigte uns einige Jahrhunderte. Aus dem Verborgenen beobachteten wir unsere Erfindung, bis eines Tages die ersten Mondaren begannen, einen Gott Namens Fatum zu verehren. Ich war entsetzt, als ich diese Entwicklung bemerkte und sprach meinen Freund darauf an. Ich kann mich noch genau an sein breites Grinsen erinnern, als er mir sagte, dass es doch langweilig sei, etwas so Großartiges zu erschaffen und es die Wesen nicht wissen zu lassen. Er war gierig nach ihrer Anerkennung und Bewunderung. Das widerstrebte mir. Ich wollte nicht, dass unsere Kinder ihn allein verehrten. Ich wollte, dass sie wussten, dass Fatum nicht als Einziger an ihrer Existenz beteiligt war. Also trat ich in ihr Leben. Ich gab mich zu erkennen, doch erntete nichts außer Angst und Verachtung. Die Mondaren fürchteten sich vor mir, hatten sie nur von einem Gott mit dem Namen Fatum gehört. Ich hatte den Kampf um ihre Gunst verloren, bevor er überhaupt begann. Diese Tatsache kränkte mein Ego. Ich war so schrecklich wütend, dass ich Fatums Verehrer mit Bosheit infizierte. Ich hetzte sie auf, brachte ihnen bei, zu hassen und schürte die Kampfeslust. Es war nicht schwer einen Völkerkrieg anzu-zetteln, da unsere Kreaturen unter anderem mit Marsianer-Blut gezüchtet wurden. Marsianer sind sehr aggressiv. Natürlich war Fatum sauer." Der Drache grinst gehässig. „Und wie sauer er war. Er versuchte alles zu kitten, allerdings war es zu spät. Der Stein kam ins Rollen und unsere Schöpfungen vernichteten sich gegenseitig. Am Ende war niemand mehr übrig, der Fatum verehren konnte. Das Experiment scheiterte und wir kehrten zu unserem Heimatplaneten zurück. Der Vorstand war wütend. Sie bestraften uns, indem sie unsere Lebenslinien auf ewig aneinander fesselten."

„Eure Lebenslinien? Was ist das?"

„Er machte uns zu so etwas wie einem Ehepaar. Sind einmal die Lebenslinien verbunden, reißt dieses Band niemals und die Individuen sind verpflichtet, ihr ganzes Leben zusammen zu verbringen. So etwas wie eine Scheidung gibt es bei Aguanern nicht. Das ist eine Erfindung von euch Menschen."

„Dann seid ihr schwul oder was?"

Malum lacht.

„Nein", meint er amüsiert. „Wir besitzen kein Geschlecht. Unsere Nachkommen entstehen im Reagenzglas. Wir züchten sie aus unseren Zellen. Aber darum geht es jetzt nicht. Du musst nur wissen, dass Fatum und ich als Strafe für unser Versagen bis zu unserem Tod aneinander gekettet wurden. Da wir allerdings die Einzigen unserer Spezies sind, denen es gelang, über Jahrhunderte hinweg eine funktionierende neue Lebensform zu züchten, wurden wir vom Vorstand angehalten, dieses Experiment zu wiederholen. Wir sollten die Mondaren erweitern und verbessern. Genau das taten wir, jedoch immer mit dem Hintergedanken, den Tod unseres Partners schnell herbeizuführen, damit die Verkettung unserer Lebenslinien erlischt."

„Dann bist du einfach nur zu doof gewesen, deine Ehefrau loszuwerden? Deswegen mussten all die unschuldigen Menschen sterben? Das soll ich dir glauben?"

„Wir interessieren uns nicht für euer Wohlergehen. In die ersten Mondaren steckten Fatum und ich unser volles Herzblut. Die zweite Generation war nur eine Kopie, die es uns ermöglichen sollte, unsere Verbindung aufzulösen, um frei zu sein. Damit wir Zeit sparen konnten, nahmen wir den letzten überlebenden Mondaren der ersten Generation mit auf die Erde. Objekt Zodan. Wir experimentierten an ihm und entschieden uns, ihn mit den Erdaffen zu kreuzen. Diese Wesen gefielen uns. Sie waren unterhaltsam und ihr Fortpflanzungstrieb war beachtlich. Sie waren genau richtig, um in kurzer Zeit eine funktionierende Bevölkerung aufzuziehen. Dummerweise ließen wir den letzten Mondaren der ersten Generation am Leben. Er reichte sein Wissen über uns Schöpfer weiter und warnte die Menschen. Er stachelte sie zu einer Rebellion an, die jedoch scheiterte."

Malum hustet und schwarzer Rauch tritt aus seinem Maul.

„Meine Zeit läuft ab", murmelt er. „Es wurmt mich, dass Fatum länger leben darf als ich. Dabei fing durch seinen Verrat alles an. Mein letzter Atem soll seinen Untergang herbeiführen. Ich verrate dir unsere Schwachstelle. Sie liegt direkt zwischen den Flügeln auf dem Rücken. Unter der geschuppten Haut, die an der Stelle besonders dünn ist, liegt das Herz. Wird es beschädigt, stirbt er. Ihr habt Glück, dass einer der Trümmer mich an dieser Stelle getroffen hat. Wer weiß, hätte ich sonst die Energie des Ersten abfangen können. Doch sei es drum. Zweiter Key, ich fordere dich auf, Fatum zu töten. Es ist an der Zeit, unsere Schöpfung zu erlösen. Die Mondaren der zweiten Generation sind so weit, ihren Weg allein zu gehen."

„Ich verstehe euch nicht. Warum züchtet ihr neues Leben, wenn ihr es nicht wertschätzt?"

„Eine gute Frage. Es geht um die Forschung. Wir Aguaner lieben nichts so sehr, als unser Wissen zu erweitern. Die Lebenserschaffung ist dabei nur ein Bereich von vielen. Aber es war schon immer der Teil, der mich am meisten zum Lachen gebracht hat."

Die letzten Worte flüstert Malum, dann verstummt er. Sein Körper löst sich auf und mit ihm verschwindet das Schwarz um mich herum. Ich gerate in einen Sog und lande unsanft zurück in der Schattenwelt auf den Trümmern seines Unterschlupfes.

„Hat es etwas gebracht?", fragt mich Neven.

„Ich weiß nicht", antworte ich durcheinander.

„Das Auge ist verschwunden. Es scheint jetzt in deinem Körper zu sein. Siehst du etwas?"

Seine Aussage verwirrt mich, bis mir einfällt, was Malum gesagt hat: Die Zeit steht für alle während meines Aufenthaltes im Zwischennichts still. Er scheint nicht gelogen zu haben.

„Milan, alles okay?", fragt Neven.

„J-Ja. Ich habe mich mit Malum unterhalten und er erzählte mir von Zodan, den Mondaren und Fatums Schwachstelle."

„Ihr habt euch unterhalten?"

„Ich erzähle es dir, aber sobald Mio und Raxia wieder wach sind, verschwinden wir von hier."

Wir müssen nicht lange warten. Neven und ich setzen die beiden über alles ins Bild. Jedoch weigert sich Raxia am Ende die Schattenwelt zu verlassen.

„Wir müssen vorher zum Totensee", erklärt sie.

„Warum?", fragt Neven.

„Weil dort der Ursprung der Schattenwelt verborgen liegt. Wenn wir den nicht zerstören, wird das Böse weiterhin regieren."

Sie nimmt Mios Hand und setzt sich mit ihm im Schlepptau in Bewegung.

„Weitere Diskussion unerwünscht oder was? Wartet gefälligst", rufe ich sauer.

„Es bleibt keine Zeit", drängt sie.

Bevor ich etwas erwidern kann, unterbricht mich Neven. Er gibt mir einen Schubs.

„Folgen wir ihnen. Irgendwie habe ich das Gefühl, dass etwas faul ist. Der Kampf gegen Malum war zu leicht."

„Wie bitte? Ich fand das nicht leicht."

„Wir hatten es mit einem außerirdischen Drachen zu tun, der seit 2.000 Jahren die Menschheit versklavt. Der Kampf dauerte keine halbe Stunde."

„Glaubst du echt, dass Malum noch lebt? War die Augen-Sache nur Show?"

„Nein", erwidert er und läuft los. „Vielleicht ist Malum nicht der einzige Dreh- und Angelpunkt in der Schattenwelt."

Der Totensee liegt in entgegengesetzter Richtung hinter der Wiese mit den leuchtenden Blumen. Er ist von kahlen Bäumen umsäumt und das Wasser besteht aus einer schwarzen Brühe. Der Ort bietet keine Einladung zum Baden. Dennoch verlangt Raxia, dass ich zum Grund tauchen soll.

„Aber sonst geht's dir gut? Da bekommen mich keine zehn Pferde rein", widerspreche ich.

„Was ist auf dem Grund?", fragt Neven.

„Ich habe ein Gespräch belauscht, dass auf dem Grund ein Schatz liegen soll. In ihm ruht die Macht der Schattenwelt."

„Ein Schatz?" Misstrauisch sehe ich Raxia an. „Seit wann interessierst du dich für Juwelen?"

„Ich spreche nicht von Juwelen, sondern einer Waffe."

„Wozu brauchen wir die? Ich bin stark genug. Ich kann jetzt sogar ein Schwert beschwören. Also lass uns endlich von hier verschwinden."

„Sie macht dich noch stärker. Mit ihr können wir Fatum mit Leichtigkeit besiegen."

„Ich denk nicht dran."

Raxia schmiegt sich an meinen Arm und sieht mich unterwürfig an. „Bitte, Milan. Tu es für mich."

Ich bekomme Gänsehaut.

„Was läuft denn bei dir verkehrt?" Ich wehre sie ab. Sofort beschwöre ich meine neue Waffe und halte ihr die Klinge vor das Gesicht.

„Wer bist du? Raxia würde sich niemals so verhalten!"

Sie fängt an zu lachen. Nebel sammelt sich um sie und auf einmal steht Tarek vor uns. Er grinst breit.

„Du lebst noch", stellt Neven fassungslos fest.

„Ja. Schon vergessen? Meine Magie schützt mich. Schade trotzdem, dass ihr mir nicht in die Falle gegangen seid. Aber ich bin eben kein Phantom-Schatten. Ärgerlich."

„Du Widerling! Was hast du mit Raxia gemacht? Wo ist sie?", frage ich wütend.

Tarek hebt die Schultern.

„Keine Ahnung. Ist jetzt aber auch egal. Ihr werdet eh alle sterben, weil ihr meinen Kumpel erledigt habt. Das macht mich ganz schön wütend."

Hinter ihm erhebt sich das schwarze Wasser und formt sich zu zwei riesigen Händen, die nach uns greifen. Sie tropfen. Trifft die Flüssigkeit auf den Boden, ertönt ein Zischen und Dampf steigt auf.

„Säure! Passt auf", schreit Neven.

Mio und ich gehen auf Abstand.

Tarek lacht und lässt die Hände nach unten sausen. Sie treffen uns nicht, aber die Säure spritzt auf unsere Haut und frisst sich hinein.

„Scheiße, tut das weh", rufe ich und sehe zu Mio. Die Säure hat ihn am Arm getroffen. Mir wird schnell klar, dass wir so keine Chance auf einen Sieg haben.

x|Mio und Neven, ihr müsst ihn von hinten mit Magie angreifen. Ich lenke ihn ab, damit euch die Säure-Grapscher nicht in die Quere kommen.|x

Meine Gedanken erreichen die Zwei. Sie bringen sich in Sicherheit.

Damit Tarek nicht misstrauisch wird, verkünde ich laut, dass ich sein Gegner bin. In seiner Arroganz hat er nichts dagegen einzuwenden.

„Wenn ich dich zuerst auslöschen soll, nur zu. Ohne Magie kannst du mich nicht besiegen."

Die Säurehände schnellen auf mich zu. Ich weiche aus und spüre einen Tropfen auf meiner Wange.

„Das ist dein Ende, Blondie! Mioleinchen wird mir ganz allein gehören – bis in alle Ewigkeit kann ich mich an seiner Unschuld laben."

‚Verdammt, ist der durchgeknallt. Mio zieht diese Typen echt wie ein Scheißhaufen die Fliegen an', denke ich und weiche weiteren Angriffen aus.

Tarek gibt alles. Ich komme gewaltig aus der Puste und verletze mich viel zu oft an der herabtropfenden schwarzen Brühe. Doch ich gebe nicht auf. Ich halte ihn hin, sodass Mio und Neven im Hintergrund ihre Kraft bündeln können.

Bevor sie die abfeuern, werden sie leider von Tarek entdeckt. Er ist nicht erfreut. Prompt sind die beiden in seinem

Visier. Aus den Säurehänden sausen Wassersicheln durch die Luft.

„Achtung! Die verätzen euch, wenn sie treffen", rufe ich.

In letzter Sekunde errichtet Neven ein Schutzschild, an dem die Säure abprallt. Tarek setzt gleich den nächsten Angriff nach. Ich schieße ihm in den Rücken, um meinen Freunden eine Pause zu verschaffen.

„Hey, ich bin dein Gegner!", rufe ich laut und bekomme seine Aufmerksamkeit.

„Du gehst mir auf die Nerven. Wann kapierst du, dass mir deine Angriffe nichts ausmachen?"

Ich renne ihm entgegen. Sofort richtet er die Säurehände in meine Richtung, sodass Neven und Mio freie Bahn haben.

„Du willst unbedingt ausgelöscht werden?", fragt Tarek und grinst über beide Ohren. „Den Wunsch erfülle ich dir!"

Die Finger der riesigen Hände verschränken sich ineinander. Die Säure, die an ihnen herabtropft, sammelt sich durch die neue Formation und prasselt zu Boden. Die Fläche ist zu groß, um ihr auszuweichen.

Es wird eine Sache von Sekunden.

Als ich bereits die ersten Säurespritzer im Gesicht fühle, nehmen Mio und Neven den Feind unter Beschuss. Die Zeit, die ich ihnen durch mein waghalsiges Ablenkungsmanöver verschafft habe, hat gereicht, um die bereits gebündelte Energie zurückzuholen und abzufeuern.

Jedoch kommt es anders als gedacht. Tarek springt nach oben. Der Angriff geht unter ihm hindurch, vorbei an den Säurehänden und kommt direkt in meine Richtung.

„Weich aus", brüllt Mio, aber es ist zu spät. Ich kann nicht abbremsen und werde von ihrem Geschoss erfasst. Nevens Magie frisst sich durch meinen Körper. Es wird finster.

KAPITEL 4

Mit Schrecken beobachte ich den Kampf zwischen Milan und Tarek. Er lockte meine Freunde in meiner Gestalt zum Totensee, in dem ich gefangen bin. Lilly hat mich überlistet. Wäre Nevens Bann nicht, hätte die Säure mich längst gefressen. Die Lage scheint aussichtslos.

Milan liegt bewusstlos am Boden. Neven und Mio sind an seine Stelle getreten. Wenn die beiden mich doch nur befreien könnten. Ich besitze einen Angriff, der Tarek niederstrecken würde. Wieso funktioniert die Telepathie nicht?

,Mio, Neven – ich bin hier!'

Plötzlich sieht Mio in meine Richtung.

Ich kann mich wegen der Säure nicht bewegen. Jedoch gelingt es mir durch leichte Wellen, Mio auf mich aufmerksam zu machen. Er hat mich endlich entdeckt. Doch just in dem Moment fliegt eine Säuresichel auf ihn zu. Er weicht nicht aus und wird am Arm getroffen. Er sinkt auf die Knie. Neven stellt sich schützend vor ihn und übernimmt die Verteidigung.

,Mist! Wie komm ich hier nur raus?'

Der Kampf geht weiter. Tarek behält die Oberhand. Er schlägt Mio bewusstlos. Fällt jetzt noch Neven, haben wir verloren. Doch plötzlich passiert etwas. Ich reiße die Augen auf und beobachte mit Schrecken das Geschehen.

Neven rennt zu Mio und legt sich auf ihn. Ihre Körper beginnen zu leuchten.

,Die Fusion? Oh mein Gott. Neven! Nein, tu das nicht.' Verzweifelt versuche ich aus meinem flüssigen Gefängnis auszubrechen.

x|Raxia, ich weiß, dass du in dem See bist. Tareks Zauber unterdrückt deine Fähigkeiten, aber wenigstens die Telepathie konnte ich freilenken. Hör mir gut zu. Mio kann dich zu sich rufen. So kannst du entkommen.|x, höre ich Nevens Stimme in meinem Kopf.

x|Neven, tu es nicht. Wenn du mit Mio ohne den Blutmond verschmilzt, wird es dich nicht mehr geben.|x

x|Neunzig Jahre sind sehr lang für einen einfachen Menschen wie mich. Versprich mir bitte, Alfabio zurückzuholen. Er hat nach meinem Tod die Männer ausgelöscht, die mich ermordeten, weil ich zu feige war. Dafür bin ich ihm noch etwas schuldig.|x

Mir kommen die Tränen.

x|Neven, bitte nicht.|x

Das Licht scheint grell und ich weiß, dass ich keine Antwort mehr von ihm erhalten werde. Seine Seele gleitet in Mio und fusioniert mit seiner.

Tarek kann es nicht verhindern. Er war zu sehr in seinen nächsten Angriff vertieft, sodass er die Fusion zu spät durchschaute. Jetzt rennt er direkt in Mios Energie, die durch Nevens Kraft auf einem neuen Level ist.

Der Feind wird zurückgeschleudert. Mio erhebt sich und starrt mich an. Sekunden später fühle ich einen Sog, der mich in seine Richtung zieht. Ich entkomme dem See. Meine Beine zittern, als ich wieder Boden unter den Füßen habe. Doch Schwäche ist nicht erlaubt. Tarek greift an. Mio schubst mich zur Seite und fängt die Säuretropfen ab.

Tarek schreit. „Ihr könnt euch Mühe geben, wie ihr wollt. Ich werde euch alle vernichten und du wirst mein bis in alle Ewigkeit!"

„Niemals", knurre ich zornig. „Mio wird dir niemals gehören."

Ich fühle Hass in mir. Wegen Tarek haben wir Neven verloren. Dieser tapfere Junge hat sich für uns und die Menschheit geopfert. Das darf nicht umsonst gewesen sein.

Schreiend renne ich seinem nächsten Angriff entgegen. Mio will mich aufhalten, aber ich bin schneller. Ich bündle in beiden Händen Energie, die ich zu einem Schild forme. Tareks Angriff prallt daran ab. Zeitgleich fließt meine Energie in seinen Körper.

Er merkt es nicht, aber durch die Berührung meines Schildes hat er die verborgene Magie aktiviert. Sein Körper wird steif. Ich atme innerlich auf.

„Remote-Magie, Tarek. Ich habe ein ganzes Jahrhundert gebraucht, um sie zu beherrschen. Aber mittlerweile funktioniert sie flüssig und lässt sich in physischen Angriffen verbergen."

Er schreit voller Wut, weil er weiß, dass er mir in die Falle gegangen ist. Sein durch die Totenseemagie modifizierter Körper ist seine einzige und stärkste Waffe. Ohne sie ist er ein Nichts.

Grinsend hebe ich meine Hand. Tareks Körper führt dieselbe Bewegung aus.

„Hör auf!", ruft er sauer.

„Es ist vorbei."

„Wenn du mich tötest, wird die Schattenwelt verschwinden. In mir liegt die Quelle verborgen! Ich bin Malums Wille! Er spaltete mich ab, nachdem er sich von Fatum entzweite."

„Und wenn schon. Die Welt ist ohne eure Bosheit besser dran."

„Ihr werdet mit ihr verschwinden. Es ist zu weit zum Portal. Ich werde euch mit ins Verderben reißen!"

Ich werfe Mio einen Blick zu. Er schaltet schnell und rennt zu Milan. Er buckelt ihn auf. Zeitgleich sammle ich in Tareks Körper all seine Energie. Selbst die Säurehände lasse ich in ihn gleiten, sodass er auf doppelte Größe anschwillt.

„Hör auf!", kreischt er. „Das ist zu viel! Es wird mich zerreißen!"

„Das ist für Neven", knurre ich.

„Raxia, hör auf! Lass uns fliehen!"

Ich kann nicht stoppen. Ich habe die Kontrolle verloren. Der Angriff endet nicht.

„Raxia!"

„Ich habe es nicht mehr unter Kontrolle!"

Tarek kreischt laut. Sein Körper wird immer größer.

„Raxia!"

„Flieh, Mio! Ihr müsst euch in Sicherheit bringen!"

„Ohne dich gehe ich nicht!"

„Aber ihr müsst- …" - Zu spät.

Tareks Körper ist bis an seine Grenze gefüllt.

Er explodiert.

Die Druckwelle bläst uns mitsamt des Totensees davon.

- Ende Raxia's Sicht

KAPITEL 5

Meine Sicht ist verschwommen. Ich höre hektische Stimmen um mich herum, während es mir so vorkommt, als würde ich getragen werden.

„Schneller! Es verschlingt uns", schreit Raxia.

„Hierher!"

‚War das Lillys Stimme?', denke ich verwirrt.

„Du Verräterin! Nochmal fallen wir nicht auf dich rein!"

„Ihr habt keine Wahl! Los, sonst verschwindet ihr im Dimensionsriss."

Dunkelheit.

Vogelgezwitscher weckt mich. Verschlafen öffne ich die Augen. Ich liege auf einer Wiese. Das Gras fühlt sich weich an. Die Sonne strahlt mir ins Gesicht. Ich setze mich auf.

„Du bist wach", sagt Lilly.

Erschrocken starre ich sie an. Sie sitzt neben mir und tätschelt Mios Kopf. Er liegt in ihrem Schoß und scheint zu schlafen. Raxia entdecke ich zwischen uns.

„Geht's dir gut?", fragt Lilly.

„Du hast uns verraten", antworte ich überfordert. Meine Erinnerungen kehren zurück. „Du hast uns hintergangen und Raxia dem Feind ausgeliefert."

„Ich bin kein Verräter", behauptet sie. „Mir blieb keine Wahl. Ich wurde erpresst. Mein Zauber war es, der Raxia in der Säure des Totensees das Leben rettete."

„Was?" - ‚Raxia war die ganze Zeit in dem See?'

Lilly seufzt.

„Ich habe Raxia betäubt, um sie im Totensee zu verstecken. Ich wollte nicht, dass Pirk sie in die Hände bekommt. Ich habe euch nicht verraten, Milan."

„Du lügst", sagt Raxia.

Überrascht sehe ich zu ihr.

Sie rappelt sich auf und hält sich den Kopf. Ich erkenne das schwarze Blut. Raxia scheint sich verletzt zu haben.

„In der Höhle hast du mich über meinen Tod ausgepresst. Du hast dich absolut ekelhaft verhalten."

„Wir wurden beobachtet. Wenn ich dich nett behandelt hätte, wäre ich aufgeflogen."

„Ich glaube dir kein Wort, du falsche Schlange. Wegen dir und deinen Schatten-Freunden haben wir Neven für immer verloren. Das werde ich euch niemals verzeihen."

„Wir haben was?", frage ich geschockt. Erst jetzt bemerke ich, dass ich Neven nirgends entdecken kann.

Raxia sieht mich traurig an. „Er ist mit Mio verschmolzen, um uns zu retten. Er hat sich geopfert."

„Du meinst, so wie wir während des Blutmondrituales miteinander fusioniert sind?"

„Nein. Unsere Vereinigung war temporär vom Blutmond begrenzt. Nevens und Mios Fusion ist für die Ewigkeit. Durch ihre Verbindung hat Nevens Seele aufgehört zu existieren."

„Oh nein", keuche ich.

„Ich habe nicht gewollt, dass jemand stirbt", sagt Lilly. „Aber besser einer, statt wir alle."

„Du herzloses Biest!"

Raxia stürzt sich auf sie und ringt sie zu Boden. Mio wird unter ihr begraben, worauf Raxia in ihrem Zorn keine Rücksicht nimmt.

„Du falsche Schlange sollst verschwinden", faucht sie Lilly an, die ihren Angriff abwehrt. Ich seufze. Der Schock, dass wir Neven verloren haben, sitzt tief. Stumm sehe ich zu Mio. Neven wollte uns noch so viel erklären. Was sollen wir nur ohne ihm machen?

Die Furien beruhigen sich, als Mio wach wird. Wir setzen ihn über alles ins Bild. Am Ende liegen er und Raxia sich heulend in den Armen. Manchmal beneide ich ihn darum, seine Emotionen so ungezügelt hinauslassen zu können.

Trotz des schrecklichen Verlustes dürfen wir jedoch nicht aufgeben. Raxia teleportiert uns zur Blutmondlichtung, nachdem sie sich wieder gefangen hat. Wir landen vor dem Baum der Ewigkeit.

„Wir ruhen uns aus und nachdem Mio unsere Energie aufgefüllt hat, beginnen wir den letzten Kampf", erklärt sie.

Wir widersprechen nicht. Erschöpfung breitet sich aus. Ich lasse die letzten Stunden Revue passieren. Um allein zu sein, setze ich mich abseits der Gruppe auf einen umgekippten Baumstamm. Ich bleibe leider nicht lange ungestört. Lilly leistet mir ungebeten Gesellschaft. Sie setzt sich neben mich. Ihr Kopf ruht an meiner Schulter.

„Dort drüben habe ich dich erschossen", erinnert sie sich.

„Das vergesse ich nicht."

„Das war eine ganz schöne Verschwendung. Du gefällst mir nämlich ziemlich gut."

„Lass das." Wütend stehe ich auf. „Ich hätte damals einfach weitergehen sollen!"

„Aber du hast mir nicht widerstehen können."

Sie kommt auf meine Höhe und baut sich vor mir auf. Ihre Augen versuchen mich in ihren Bann zu ziehen. Es fühlt sich wie damals an. Mein Verstand verschwindet im Nebel. Plötzlich ruft eine Stimme in mir laut *Nein*. Meine Sinne kehren zurück. Ich nehme Lilly wahr. Sie steht mit einem Messer in der Hand vor mir und will zustechen. Ich greife in die Klinge. Sie starrt mich erschrocken an.

„Warum bist du wach?" Ihre Stimme klingt schrill.

„Du bist kein Verräter? Wer's glaubt wird selig."

Das Messer schneidet in meine Hände, als ich die Waffe Lilly aus der Hand reiße. Zum Glück ist sie mir kräftemäßig unterlegen. Ich werfe das Messer hinter mich in ein Gebüsch. Lilly weicht zurück. Sie starrt mich ängstlich an.

„Wolltest du mich erstechen? Hast du vergessen, dass du mich bereits getötet hast? Deine beschissene Klinge macht mir nichts mehr aus."

„W-Wieso wirkt das Gift nicht? Dein Blut hat die Klinge berührt."

„Ach, vergiften nicht erstechen. Sieh einer an."

Ich gehe langsam auf sie zu. In meiner Hand sammelt sich Energie. Sie wird zum Schwert. Ich liebe diesen neuen Skill. Mein Blut tropft über den Griff an der Schneide hinab. Dramatisch! Der Weg endet, als Lilly mit dem Rücken an einem Baum steht.

„Hab Erbarmen", jammert sie.

„Du Miststück hast mich das letzte Mal verarscht. Ich will sofort wissen, warum du mich gerade auslöschen wolltest."

„Er hat es mir befohlen."

„Pirk?"

„Ja. Ich sollte alles in die Wege leiten, damit Malum und Tarek vernichtet werden und er allein die Macht über die Schattenwelt erlangt. Dich und Raxia sollte ich danach bei der ersten Gelegenheit töten und Mio zu ihm bringen."

„Warum sind alle so geil auf ihn? Was hat es mir dem Ersten Key auf sich?"

Wir werden just von Raxias schriller Stimme unterbrochen. Sie und Mio sind wohl von Lillys Gejammer angelockt worden.

„Was tust du da?", ruft Raxia.

Mio kommt zu mir gelaufen, um mich von Lilly wegzuziehen. Ich wimmle ihn ab.

„Sie ist nicht unser Freund!"

Die Aktion lenkt mich ab. Das spielt Lilly in die Karten. Sie sondert eine Energiewelle ab, die uns alle wegstößt. Hurtig rennt sie zu dem Gebüsch, in das ich das Messer geworfen habe.

„Vergiss es!" Ich hetze ihr nach, bekomme sie zu fassen und habe kurz darauf die Messerklinge in der Brust stecken. Raxia und Mio rufen entsetzt meinen Namen.

„Das tut weh", knurre ich.

Lilly zittert. Sie lässt das Messer los und tritt zurück. Ich ziehe es aus meinem Körper. Die Wunde blutet stark.

„Dein Gift wirkt nicht, Lilly. Tut mir leid, aber diesmal gewinne ich."

„Milan, nein!" Emilio kann mich nicht aufhalten. Ich hole mit meinem Schwert aus und zerschneide Lilly in der Mitte. Sie löst sich sofort in eine schwarze Rauchwolke auf, die vom Wind davongetragen wird. Das verdammte Messer verschwindet auf die gleiche Weise.

Ich sinke in die Knie. Das Schwert fährt zurück in meinen Körper. Meine Finger halten verkrampft meine Brust. Ich beginne zu taumeln.

„Milan!" Raxia ist die erste, die bei mir ist. Ich denke, Mio wird zu geschockt sein. Er mochte Lilly ja.

Ich fühle ihre Hände an meinem Rücken.

„Ich versuche das Gift aus deinem Körper zu bekommen. Halte durch."

Mir verschwimmt die Sicht. Ich merke zwar, dass Raxia mich zu heilen begonnen hat, aber eine Wirkung tritt nicht ein. Mir tut alles weh. Meine Brust brennt wie Feuer und ich bin erleichtert, als ich endlich das Bewusstsein verliere und der Schmerz aufhört.

Als ich wieder zu mir komme, ist es bereits Nacht. Raxia, Mio und ich befinden uns am Fuß des Baumes der Ewigkeit. Mein Kopf ruht auf Raxias Schoß.

„Endlich bist du wach", höre ich ihre Stimme dumpf an meine Ohren dringen.

Ich fühle mich total benebelt. Erschöpft richte ich mich auf. Es braucht paar Sekunden, bis ich mich an den Kampf gegen Lilly erinnere. Instinktiv berühre ich meine Brust. Die Wunde ist weg.

„Mio war es", sagt sie und lenkt meinen Blick zu ihm. „Er hat dich geheilt. Ich war zu schwach gegen ihr Gift."

Ich will mich bei Mio bedanken, aber als ich sein wütendes Gesicht sehe, spare ich mir die Worte. Stattdessen bitte ich Raxia, uns allein zu lassen. Sie seufzt.

„Klärt euer *Männerproblem*", sagt sie und gönnt uns die Privatsphäre.

Mio scheint nur darauf gewartet zu haben.

„Warum hast du sie umgebracht? Es ist doch klar, dass Pirk sie zu allem gezwungen hat!"

„Hätte ich ihr für das vergiftete Messer in meiner Brust danken sollen?"

„Ich hab dich geheilt! Dir ist nichts passiert. Aber Lilly ist- ..."

„Weg", knurre ich. „Und das zu Recht. Oder hast du gewollt, dass sie dich zurück in Pirks Arme bringt, damit er da weitermachen kann, wo er aufgehört hat?"

Mio wird blass. Er schüttelt seinen Kopf, bevor er sich zurück in sein Schneckenhaus verkriecht.

„Ich hab gedacht, das hättest du hinter dir gelassen."

Enttäuscht lehne ich mich an den Baumstamm und lege den Kopf in den Nacken. Die mächtige Baumkrone lässt uns wie winzige Staubkrümel erscheinen.

„Sie hat gesagt, dass Pirk noch lebt, Mio. Solange er noch da ist, bist du nicht in Sicherheit."

Sein verkrampfter Körper beweist mir, dass ihm das bereits bewusst war. Wahrscheinlich liegen bei ihm genauso die Nerven blank wie bei mir.

„Es tut mir leid, dass sie eine Verräterin war."

„Mir auch", schnieft er.

Es herrscht Stille. Wir hängen wohl beide unseren Gedanken nach. Kein Wunder, bei den vielen Dingen, die in den letzten Stunden passiert sind.

Doch auch die längste Stille findet irgendwann ihr Ende.

„Milan, bitte sag mir, dass wir immer noch das Richtige tun."

Mios Augen sehen mich traurig an. Ich würde ihm gern eine Antwort auf seine Frage geben, aber das kann ich nicht. Er seufzt und rückt näher an mich heran. Ein roter Hauch liegt über seiner Nase. Er meidet meinen Blick.

„Mir ist kalt", flüstert er und scheint sich zu schämen.

Kurzerhand lege ich den Arm um ihn und ziehe ihn enger an mich. Das geht Mio sichtbar zu schnell, aber er wehrt mich nicht ab. Ich halte ihn fest. Seine Nähe tut gut. Ich fühle mich nicht mehr so allein mit der ganzen Scheiße, die passiert ist.

„Wenn alles vorbei ist, holen wir alle zurück", flüstert Mio. „Versprich mir das."

Ich seufze. „Du hast ein zu gutes Herz."

„Versprich es, Milan."

„Ja, ich versprechs."

Er nuschelt ein leises *Danke* vor sich hin und kuschelt sich an mich. Entspannt lehnen wir aneinander, bis Raxia unsere Ruhe stört. Sie hat scheinbar keine Geduld mehr.

„Was macht ihr denn da?", fragt sie verwirrt.

Ich verziehe das Gesicht. „Stör mal nicht unseren schönen Boyslove-Moment. Frauen sind gerade unerwünscht."

„Du spinnst doch." Sie tritt neben uns an den Baum. Mio ist die Sache jetzt zu peinlich. Er befreit sich aus der Umarmung und steht wieder auf den Beinen. Ich bleibe sitzen.

„Jetzt hast du ihn verjagt", motze ich Raxia an.

Sie streckt mir die Zunge raus. – „Aha, du bist eifersüchtig."

„Bin ich nicht", meckert sie. „Ich will mit euch zurück ins Nichts. Haltet euch bitte fest."

„Hä? Zurück zur Goldechse? Willst du Fatum unbedingt am gleichen Tag wie Malum die Lichter ausknipsen? Gönn uns 'ne Pause, Sklaventreiberin."

„Nichts da."

Sie macht uns deutlich, dass sie keine weitere Zeit verschwenden will.

„Du bist echt gnadenlos." Stöhnend erhebe ich mich und nehme die Teleportation-Position ein.

Wir warten … und warten …

„Äh, Raxia. Wird das heute noch was oder ist dir auch kalt?"

„Es geht nicht", sagt sie geschockt.

„Was meinst du?", fragt Mio.

„Die Teleportation. Ich bekomme keine Verbindung."

„Hä?" Mio und ich tauschen einen erschrockenen Blick.

„Haben die uns ausgesperrt?", frage ich.

„Soll ich es mal versuchen?", bietet Mio an. Raxia nickt. Wir setzen alle Hoffnung in ihn, aber auch Mio erhält keine Verbindung. Das Portal zum Nichts bleibt verschlossen. Wütend trete ich gegen den Stamm.

„Spar dir die Energie", ermahnt mich Raxia.

„Von wegen! Wir sind am Arsch", meckere ich. „Wie sollen wir Fatum platt machen, wenn wir ihn nicht erreichen?"

Sie seufzt.

„Du hast ja Recht. Wäre doch nur Neven hier. Er hätte bestimmt einen Ausweg gewusst."

Mir kommt eine Idee.

„Neven ist doch in Mio. Zieht euch einfach nochmal aus und macht 'ne Hypnose, um mit ihm in Mios Unterbewusstsein zu kommunizieren." Mein Vorschlag trifft auf taube Ohren.

„Woher weißt du davon?", fragt Raxia verärgert und blickt zu Mio, der nervös aussieht. Ich rette ihn.

„Neven hat es mir gesagt. Aber egal. Da ihr scheinbar keine Lust habt, nochmal nackt zu kuscheln – Habt ihr 'ne andere Idee?"

Es herrscht betretenes Schweigen, bis Mio das Wort ergreift und mich an Malums Auge erinnert.

„Du sagtest, mit ihm könntest du zwischen den Dimensionen wandern."

Ich horche auf. Auch Raxia ist angetan von dem Einwand. Wahrscheinlich hat Mio ihr von Malums Abschiedsgeschenk erzählt, als ich bewusstlos war.

„Kannst du das Auge in dir aktivieren?", fragt sie.

„Schon vergessen, wen du vor dir hast? Dein Musterschüler steht da drüben. Verrat mir lieber, warum ich auf einmal ein Schwert beschwören kann."

„Woher soll ich das wissen? Scheinbar lernst du unbewusst deine Macht zu kontrollieren, auch ohne Hypnose."

„Du willst nur nicht nackt mit mir schmusen."

Raxia wird knallrot im Gesicht. Ich grinse.

„Bitte streitet nicht wieder", seufzt Mio.

Sie streckt mir die Zunge raus. Jetzt sind wir quitt.

„Ich hab keine Ahnung, was ich mit Malums Glubschkugel anstellen soll", beantworte ich ihre Frage.

„Gib dir doch mal Mühe", verlangt sie streng.

„Wie denn? Mir wächst kein Drachenauge auf der Stirn, das Türen öffnet."

„Du musst dich konzentrieren", sagt Mio. „Vielleicht kannst du das Portal ins Nichts öffnen. Versuch es einfach. Wenn es nicht klappt, müssen wir die Hypnose nochmal wiederholen, um mit Neven zu kommunizieren."

Ich grinse über beide Ohren. „Wir können ja beide nackt mit ihr kuscheln, wenn du auch Bock drauf hast. Wir nehmen sie in die Mitte. Wie ein Sandwich."

Er läuft knallrot an und von Raxia fange ich mir eine Kopfnuss. Die war wohl verdient. Ich spare mir weitere Kommentare und lege meine Hände an die Rinde des Baumes der Ewigkeit. Ich glaube nicht daran, dass es klappt.

„Du musst stillstehen. Hör auf zu atmen. Du bist zu unruhig", meckert Raxia in einer Tour.

Mir stellen sich die Nackenhaare auf, woraufhin ich mich wütend zu ihr umdrehe und ihr sage, dass sie die Klappe halten soll. Beleidigt kommt sie meiner Aufforderung nach. Ich atme einmal tief durch, dann nehme ich erneut Haltung an. Die Hände an dem Stamm, die Augen geschlossen und die Gedanken an die Portalöffnung gerichtet, versuche ich meine Aufgabe zu erfüllen. Nach kurzer Zeit darf ich feststellen, absolut ungeschickt in solchen Dingen zu sein. Es passiert rein gar nichts. Genervt lasse ich vom Baum ab.

„Hat's geklappt?", fragt Raxia.

„Sind wir im Nichts?", knurre ich.

„Dann hast du es nicht richtig gemacht", erwidert sie zickig, doch noch bevor wir streiten, lenkt Mio unsere Aufmerksamkeit auf sich.

„Vielleicht müssen Milan und ich es gemeinsam versuchen", wirft er ein und erntet Lob vom Frauchen.

Sofort geht es an die Umsetzung. Wir stellen uns nebeneinander und umarmen den Baum, soweit das bei dem dicken Stamm möglich ist. Dabei halten wir Händchen.

„Ich komm mir kein bisschen bescheuert vor", sage ich.

„Beeilt euch bitte. Uns läuft die Zeit davon", drängt Raxias Stimme aus dem Hintergrund.

Ich verdrehe genervt die Augen.

„Du hast sie gehört, Mio. Lass uns die Welt retten."

Er nickt und wir beginnen mit der Verbindung unserer Energien. Die Blitze unserer Auren treten rasch hervor und vermischen sich.

„Wow! Das sieht klasse aus", lobt Raxia, jedoch höre ich ihre Stimme kaum. Ich fühle nur Mio. Er ist überall – auf mir, in mir – ganz schön angsteinjagend.

‚Ob es ihm auch so geht?', denke ich und bin für einen Moment abgelenkt. Prompt schlägt meine Energie aus. Ein Blitz zischt an Raxia vorbei und knallt in einen Baum.

„Milan!", ruft sie wütend.

Keine Ahnung, woher die schon wieder weiß, dass ich es verkackt habe. Ich versuche es zu ignorieren und mich wieder auf Mio einzulassen. Es will nicht so recht gelingen. Allmählich geht mir auch die Kraft aus, weshalb ich plane, abzubrechen. Jedoch kommt es nicht dazu. Mio ist schneller. Er lässt mich los und sinkt in die Knie. Seine Aura ist verschwunden.

„Alles okay?", frage ich.

Raxia kommt zu uns. Sie hockt sich neben ihn. Er hält sich den Kopf.

„Eine Erinnerung", stöhnt Mio.

„Geht's etwas deutlicher?", frage ich verwirrt.

„Gib mir deine Hand", presst er heraus und streckt mir seine entgegen. Ich greife zu und sofort beginnt ein Film vor meinem inneren Auge, wie einst bei Nevens visueller Gedankenübertragung.

‚Scheiße, das sind ja Mio und ich. Wir sind in der Dachgeschosswohnung, direkt nach der Knochenlese. Was soll das?'

„Siehst du etwas?", fragt Raxia.

„Ja. Uns, wie wir in der Dachgeschosswohnung stehen."

Mio zuckt zusammen.

„Das tut weh", stöhnt er.

„Das Bild wird unscharf. Bleib konzentriert", sage ich und halte weiterhin seine Hand fest.

Raxia streichelt ihm über den Rücken.

„Beruhige dich, Mio. Achte nur auf meine Hand. Denk nicht an die Schmerzen."

Mit der Zeit wird das Bild vor meinem inneren Auge klarer. Ich fordere Raxia auf, ebenfalls Mios Hand zu nehmen, damit ihr nichts entgeht. Sie willigt ein. Mio gibt sein Bestes und die Show beginnt.

Zu den Bildern hören wir nun auch Nevens Gedanken, die er damals hatte.

‚Die Knochenlese hat funktioniert. Energie und Fleisch - ihre DNA muss mindestens zu fünfzig Prozent übereinstimmen. Das bedeutet, dass die beiden blutsverwandt sind. Das hat es seit den ersten Keys in keiner Folgegeneration gegeben. Die beiden sind wirklich etwas Besonderes. Sollten sie uns tatsächlich erlösen? Ich muss das unbedingt überprüfen.'

Es folgen die Szenen, in denen Mio mich angreift.

„Du hättest stärker zuschlagen können", bemerkt Raxia hämisch, bevor Nevens Stimme weiterspricht.

‚Milan hat keinen Energie-Schaden genommen. Es ist also wirklich wahr. Die beiden sind synchron und verwandt. Ich muss das unbedingt Raxia erzählen. Sie muss herausfinden, in welcher Bindung die beiden zueinanderstehen. Vielleicht haben wir Glück und erwischen dieselbe Konstellation wie bei den Ur-Keys. Sollte das der Fall sein, könnten wir Malum und Fatum stürzen. Diesen Teil muss ich allerdings vor den beiden noch geheim halten. Sollten sie sich Hoffnung machen und diese würde zerstreut, sinkt die Kampfmoral und wir können alles vergessen.'

Der Film reißt ab. Wir lassen Mio los. Er schwitzt und lehnt sich erschöpft an den Stamm.

„Dieser Neven. Das hätte er mal gleich sagen können", antworte ich fassungslos.

„Unglaublich", keucht Raxia. „Das kann kein Zufall sein."

Sie sieht mich an.

„Milan, in der Quälerei – da hast du eure Mutter gesehen, oder? Deswegen hast du Mio über sie ausgequetscht."

„Hast du Stalkerin etwa doch gelauscht?"

Raxia antwortet nicht, sondern wendet sich an Mio.

„Hatte deine Mutter außer dir noch andere Kinder?", will sie wissen.

„N-Nein, nicht, dass ich wüsste. Meine Eltern wollten immer noch ein zweites Kind, aber Mama ist nicht mehr schwanger geworden. Also gaben sie es irgendwann auf. Aber ich… ich erinnere mich …"

„An was, Mio?!" Raxia wird hysterisch.

Ich lege ihr die Hände auf die Schultern und ziehe sie von Mio weg, bevor sie ihn aus lauter Neugierde anspringt.

„Halt die Stalkerin in dir im Zaum. Mio funktioniert nicht unter Druck. Das solltest du mittlerweile gelernt haben."

„Du hast Recht. Entschuldigt. Lass dir Zeit, Mio. Ganz in Ruhe."

Er bleibt angespannt. Seine Finger krallen sich in seine Beine.

„Bei der – Folter… Pirk sagte, ich würde meine Eltern gar nicht kennen."

Raxia schluckt. Sie wird ganz blass.

„Mio, kann es sein, dass du auch wie Milan adoptiert wurdest?"

„Ich weiß nicht."

„Oh Gott", stöhnt sie und taumelt zurück. Ich fange sie auf. „Wenn-Wenn es wahr ist…", stottert sie.

„Wenn was wahr ist, Raxia? Red endlich! Diese Geheimniskrämerei macht mich wahnsinnig!"

„Ihr habt mir erzählt, Neven klärte euch über das Key-Ritual auf. Er erzählte von den beiden Säuglingen."

„Ja, komm auf den Punkt", dränge ich.

Sie starrt mich an.

„Die beiden waren Zwillinge."

„Zwillinge? Okay, das kann nicht sein. Wir sind nicht gleich alt. Wir können keine Zwillinge sein, von der fehlenden Ähnlichkeit mal ganz zu schweigen."

„Zwillinge sind Geschwister", zischt sie. „Ihr könntet Brüder sein. Milan, wann bist du geboren?"

„16. Mai." – „Das Jahr, Mensch!"

„2007", fauche ich zurück.

Sie sieht zu Mio.

„2011", antwortet er.

„Vier Jahre auseinander. Das ist möglich. Das würde auch die starke Bindung zwischen euch erklären, die von Anfang an vorhanden war."

Ich staune, wie schnell sie rechnen kann.

„Das würde bedeuten, meine Eltern haben mich angelogen."

„Die wussten, wie du bist und wollten dich nicht verletzen", antworte ich.

„Etwas mehr Feingefühl", zischt Raxia.

Ich verdrehe die Augen. Plötzlich klatscht hinter uns jemand Beifall. Wir bekommen einen Schock fürs Leben.

Aurelia steht im Licht des Vollmondes und fährt sich durch die schulterlangen Haare, nachdem sie fertig applaudiert hat.

„Wie scharfsinnig", sagt sie arrogant und sieht zu Raxia.

Ich beschwöre sofort mein Schwert und stelle mich schützend vor meine Freunde.

„Die Hammer-Lady. Wir hätten dich wohl doch töten sollen", sage ich und unterdrücke meine Angst. ‚Wenn die mit ihrem Hammer den Baum zerkloppt, war's das.'

„*Hammer-Lady* - aus deinem Mund kommen lustige Sachen. Du könntest mir gefallen." Sie zwinkert mir zu.

„Zieh ab, Schnecke", rufe ich sauer, aber werde im gleichen Moment von Raxia beiseite geschoben.

„Aurelia", sagt sie und ignoriert mich.

„Erste Dienerin." - Aurelia verbeugt sich.

Raxia winkt ab, eilt zu ihr und nimmt sie in den Arm. Mir klappt die Kinnlade runter.

„Ey, die wollte uns vor gar nicht langer Zeit mit ihrem Hammer einstampfen", petze ich fassungslos.

„Raxia gegenüber scheint sie nicht feindlich gesinnt zu sein", bemerkt Mio erleichtert.

Nach der Umarmung lächeln sich beide glücklich an.

„Du hast dich für die richtige Seite entschieden." Raxias Stimme klingt sehr stolz.

Aurelia nickt. „Ich bin auf den rechten Pfad zurückgekehrt."

„Ich danke dir."

„Das ist selbstverständlich, Erste Dienerin. Das Portal haben wir für Euch entriegelt. Es ist jetzt wieder zugänglich."

„Gott sei Dank."

Raxia seufzt erleichtert, bevor sie weiterspricht.

„Aurelia, bitte sieh davon ab, ins Nichts zurückzukehren, bis wir Fatum besiegt haben. Ich fürchte, der Kampf wird heftig und wenn wir Pech haben, wird das ganze Nichts verschwinden."

„Erste Dienerin, ich kämpfe an Eurer Seite." Aurelia verbeugt sich. „Ich scheue nicht den Kampf. Bitte lasst mich Euch auf dem Schlachtfeld unterstützen."

‚Boah, labern die geschwollen daher', denke ich, woraufhin Mio grinst. Er hat scheinbar meine Gedanken gehört. Raxia zum Glück nicht.

Gemeinsam machen wir uns nun endlich auf ins Nichts. Die Antwort auf die Frage, ob wir wirklich Brüder sind, muss erstmal warten.

KAPITEL 6

Als ich nach der Teleportation von Raxia ablasse, befinde ich mich nicht in der 4. Dimension. Sie, Emilio und ich stehen unverändert unter dem Baum der Ewigkeit.

Verwirrt sehe ich sie an. Raxia schlägt die Hände über dem Kopf zusammen und hüpft wütend auf der Stelle.

„Verdammt! Verdammt! Verdammt!", meckert sie.

„Aurelia ist weg", stellt Mio fest. „War das ein Trick?"

„Nein", schnauft Raxia. „Jemand scheint nur uns drei ausgesperrt zu haben."

„Das war garantiert Fatum", sage ich. „Der schiebt Panik."

„Was wird jetzt aus Aurelia?", fragt Mio besorgt.

Raxia lässt den Kopf hängen.

„Sie wird des Verrates beschuldigt und in einem Qual-Glas landen."

Ich balle wütend die Faust. „Mir reichts. Es muss noch einen anderen Weg zu der Goldechse geben."

„Es gibt vielleicht noch eine Möglichkeit", sagt sie. „Mit einem künstlichen Dimensionsriss könnten wir einen alternativen Eingang schaffen."

„Du kennst so eine Möglichkeit und lässt Mio und mich trotzdem wie zwei Hippies den Baum umarmen?"

Raxia seufzt. „Ich hatte Hoffnung, dass es anders klappt. Ein künstlicher Riss ist extrem unsicher, weil wir uns im Zwischennichts verlieren könnten."

Mio horcht auf.

„Milan besitzt doch Malums Auge. Ich dachte, damit kann er dem Zwischennichts entkommen?"

Raxia schüttelt den Kopf.

„Er beherrscht die Fähigkeit nicht. Außerdem gibt es noch ein anderes Problem."

„Welches?", frage ich.

„Ich habe noch nie einen künstlichen Riss erzeugt. Es wäre das erste Mal und ich kann nicht versprechen, dass ich es schaffe."

„Keine rosigen Aussichten", fasse ich zusammen und sehe zu Mio. „Ich bin für einen Versuch. Du auch?"

„Ich weiß nicht", flüstert er. „Das klingt gefährlich."

„Ist es auch", knurrt Raxia. „Diese Entscheidung könnte unser Ende und das der gesamten Welt bedeuten. Wir dürfen sie nicht leichtfertig treffen."

„Was haben wir denn schon für 'ne Wahl? Die Echse legt es doch förmlich darauf an, dass wir uns auflösen oder in dem Zwischennichts verschwinden. Zeigen wir ihm den Mittelfinger und fallen in sein Reich ein. Treten wir Fatum in den goldenen Hintern."

„Ich möchte erst darüber nachdenken", beschließt Raxia. „Das Risiko ist zu groß, um die Entscheidung übers Knie zu brechen. Gebt mir ein paar Minuten."

Sie entfernt sich von uns.

Mio seufzt. Er lehnt sich gegen den Baum und schaut zum Nachthimmel.

„Das ist alles sinnlos", flüstert er hoffnungslos.

„Rumsitzen und nichts tun ist schlimmer, als irgendwo verloren zu gehen", kontere ich.

„Wenn wir verschwinden, war alles umsonst. Dann können wir unsere Freunde nicht zurückholen."

‚Der ist echt zu großherzig', denke ich verbittert. ‚Alfabio wollte ihn töten und Lilly hat ihn verraten. Trotzdem trauert er ihnen nach. Wir sind viel zu unterschiedlich, um Geschwister zu sein.'

Mio sieht mich plötzlich traurig an. Er schweigt. Ich glaube, er hat wieder meine Gedanken gehört. Seufzend wende ich mich ab.

„Ich will allein sein", sage ich und laufe ein Stück in den Wald. Grübelnd hänge ich meinen Gedanken nach, bis ich einen schrillen Schrei höre. Sofort stellen sich meine Nackenhaare auf und ich spüre die Gefahr. Ich renne zurück zur Lichtung. Dort finde ich Mio und Raxia, umzingelt von Fluchschatten. Offenbar hat die Zerstörung des Totensees das Weltgefüge durcheinandergebracht, da Fluchschatten sich eigentlich im Dunkeln aufhalten und außer Mio sie in der 3. Dimension keiner sehen kann.

x| Mio, Raxia – ich bin da. Kann ich irgendetwas tun? | x, frage ich telepathisch.

x| Milan, Gott sei Dank. Ich weiß nicht, wie diese Monster ohne die Schattenwelt existieren können. Es ist wahrscheinlich, dass wir sie nicht komplett vernichtet haben. Ein geringer Teil scheint noch vorhanden zu sein. Wenn es uns gelingt, in sie einzudringen, kann ich uns zwischen den Ebenen der 4. Dimension teleportieren. Vorausgesetzt, Fatum hat nicht auch diese Hintertür verriegelt. | x

x| Soll ich mich auch gefangen nehmen lassen? | x

x| Nein, bleib im Hintergrund und folge uns unauffällig. | x

x| Wie auch immer ich das anstellen soll, aber ich geb mein Bestes. Seht zu, dass ihr nicht die Hufe hochreißt. Ich schaff das nicht allein. | x

Das Gespräch bricht ab. Die Schatten fallen über sie her und nutzen das Portal beim Baum der Ewigkeit, um den Eingang zu ihrem zerstörten Zuhause zu öffnen. Im Nu werden Raxia und Mio hineingesogen. Ich warte, bis der letzte Fluchschatten hindurch gleiten will, stürme los und durchtrenne ihn im Lauf mit meinem Schwert. Anschließend springe ich an seiner Stelle durch das Portal und bete, mich nicht im Zwischennichts zu verirren.

Auf der anderen Seite wartet Dunkelheit. Zunächst fürchte ich, die Teleportation versaut zu haben, jedoch höre ich bald Mios Stimme. Er und Raxia sind nicht weit von mir.

„Pscht, Mio. Die hören uns sonst", flüstert Raxia.

Ich stehe auf und taste nach ihnen. Sie hören meine Schritte und bekommen einen Schreck, weil sie scheinbar nicht mit mir gerechnet haben. Raxia kreischt, als ich beim Tasten ihren Arm streife.

„Ich bin's", zische ich erschrocken.

„Wieso sagst du das nicht gleich?!"

„Ich wusste nicht, wie weit weg ihr von mir seid und ich wollte nicht schreien."

x|Telepathie!|x, meckert sie in meinen Gedanken.

x|Ist ja schon gut. Da bin ich nach meiner ersten Single-Teleportation nicht gleich draufgekommen. Ich bin froh, mich nicht aufgelöst zu haben.|x

„Ich mach jetzt Licht", flüstert Mio, weil er es offensichtlich keine Sekunde länger in der Finsternis aushält. Ich habe nichts gegen seinen Vorschlag einzuwenden und warte, bis seine Energiekugel uns den Weg leuchtet.

Wir befinden uns in einem schwarzen Raum, dessen Wände sich nicht voneinander unterscheiden. Selbst die Decke und der Boden sehen gleich aus.

„Scheiße, wo sind wir hier?", frage ich geschockt, als ich unser Gefängnis inspiziert habe.

„Das sind die Überreste der Schattenwelt. Die Erinnerung an sie, nehme ich an."

„Hä? Ach, egal. Teleportier uns bitte ins Nichts, bevor die Schatten zurückkommen", fordere ich.

Sie nickt entschlossen. Wir fassen sie an und die Reise beginnt – und endet sofort wieder.

„Mist! Es klappt immer noch nicht", heult sie wütend.

Ich seufze. „Wieso kann jeder Arsch reisen, nur wir nicht? Ich komm mir langsam total veralbert vor."

„Das liegt daran, dass nur Seelen mit einer geringeren Aura als unserer das Portal der Dimensionen durchschreiten können, nachdem Fatum es blockiert hat", wirft Mio unerwartet in den Raum. Er ist über seine Aussage selbst überrascht. „Ich-Ich hab das nicht gesagt. Das war- …"

„Neven", flüstert Raxia. „Sein Unterbewusstsein hat dich kontrolliert. Mio, weiß er noch etwas?"

„Ich-Ich hab keine Ahnung."

„Ist das unheimlich. Jetzt bist du auch noch schizophren." Ich schüttle den Kopf. „Er sagte, unsere Auren seien zu groß. Können wir die schrumpfen?"

„Nein", erwidert Raxia. „Wir können sie aber unterdrücken."

Plötzlich bebt der Boden. Wir verlieren das Gleichgewicht und fallen hin.

„Was ist das?", ruft sie und klammert sich an mich.

„Woher soll ich das wissen?" Ich strecke Mio die Hand entgegen. Er greift zu. „War das auch Neven?", frage ich.

„Nein", erwidert Mio und reißt plötzlich seine Augen auf.

Ich folge seinem Blick und starre in die schlimmsten Glubscher, die ich jemals gesehen habe. Sie gehören Malum, den wir offensichtlich falsch für tot geglaubt haben. Sein pechschwarzer Schuppenkörper schlingt sich um uns und quetscht uns zwischen sich ein.

„Scheiße", presse ich gequält heraus. „Wieso lebt der noch?"

„Habt ihr ihn doch nicht besiegt?", ruft Raxia.

Ich sehe zu Mio. Er leuchtet.

„Mist", knurre ich. „Raxia, pass auf. Mio explodiert gleich."

Der Druck von Malum wird stärker. Es fühlt sich an, als würden gleich meine Augen aus den Höhlen treten. Sprechen ist nicht mehr möglich.

‚So fühlt sich wohl das Karnickel im Würgegriff der Schlange', denke ich panisch, bevor Mios gleißendes Licht uns einhüllt. Raxia schreit, als seine Aura sie erfasst. Malum brüllt im Todeskampf, bis Mio ihn ein zweites Mal neutralisiert und er verschwindet. Mit ihm lösen sich die Überreste der Schattenwelt auf. Wir werden in einen Strudel gesogen. Ich verliere die Orientierung. Mir dreht sich der Magen um. Es ist wie die krasseste Achterbahnfahrt meines Lebens. Alles steht

Kopf und ich weiß nicht mehr, wo oben und unten ist. Mir wird schwarz vor Augen. Meine Sinne schalten sich ab, bis ich irgendwann auf dem Boden aufschlage. Ich vermute, dass ich noch existiere und mich nicht aufgelöst habe. Vielleicht irre ich mich aber auch.

Vorsichtig öffne ich meine Augen. Ich habe wieder Kontrolle über meinen Körper. Die Irrfahrt ist vorbei. Ich kann sehen. Auch meine Ohren funktionieren. Ich höre direkt neben mir ein leises Stöhnen. Als ich in die Richtung blicke, entdecke ich meine Freunde.

‚Sie haben's überstanden. Zum Glück.'

Wir stecken im Bodennebel fest und befinden uns weder in der Schatten-, noch in der Menschenwelt. Wir sind im Nichts. Aber wir besitzen unsere menschlichen Körper und ich fühle deutlich Schwerkraft. Offensichtlich haben wir mit der Zerstörung der Schattenwelt auch das Nichts kaputtgemacht.

„Das ist unmöglich", flüstert Raxia und richtet sich auf. „Wir sind im Silbernen Meer."

„Du hast Recht", sagt Mio und blickt in die Ferne.

„Warum sind wir hier?", frage ich.

„Ich weiß es nicht", antwortet sie.

Der Nebel des Silbermeers schlägt plötzlich Wellen. Sie drängen uns zusammen und ich ramme gegen Raxia. Jetzt scheint auch den anderen aufzufallen, dass wir keine Energiekörper besitzen und Schmerzen empfinden.

„Also sind wir doch nicht im Nichts?", fragt Mio, aber er bekommt keine Antwort. – Ein schrecklich lautes Drachengeheul dröhnt aus Fatums Tempel.

Ich schlucke stark.

„Ich glaube, Fatum weiß, dass wir hier sind", sage ich.

„Sie kommen …", murmelt Mio.

Raxia und ich folgen seinem Blick und entdecken eine Horde Soldaten, die vor uns Stellung beziehen. Sie haben uns umzingelt und greifen an. Wir werden Rücken an Rücken von der Masse zusammengedrängt.

„Das schaffen wir niemals", rufe ich Raxia zu.

„Ich habe eine Idee", sagt sie. „Beschäftigt sie weiter. Ich bin gleich zurück."

„Wo willst du hin? Bleib hier!", rufe ich, aber da ist sie schon weg. Im Nichts kann sie sich wieder teleportieren und macht sofort davon Gebrauch.

„Scheiße", fluche ich und wehre mit Mio gemeinsam die Angriffe der Soldaten ab. Die Lichtgestalten schlagen erbarmungslos auf uns ein.

x|Ihr Plan wird funktionieren|x, denkt Mio. x|Sie lässt uns nicht im Stich.|x

Wir kämpfen erbittert, jedoch verlassen uns bald die Kräfte. Die Gegner werden nicht weniger und sind im Gegensatz zu uns nicht erschöpft.

„Verräter haben keinen Zutritt im Nichts. Ihr seid verbannt", sagt die Lichtgestalt direkt vor mir.

Ich rümpfe die Nase und wehre den kommenden Angriff ab. Ein weiterer folgt, dann ein lautes Poltern und Krachen aus der Ferne. Sofort wandern alle Augen Richtung des Schepperns.

„Ist nicht wahr …" Fassungslos beobachte ich, wie das Dach vom Tempel einstürzt. Erst vermute ich Raxia hinter der Aktion, aber ich werde eines Besseren belehrt. Ein gigantischer goldener Drachenkopf bricht durch das Dach.

„Ist-Ist das Fatum?", fragt Mio.

„Scheinbar …"

Die Soldaten sind abgelenkt. Wir nutzen die Gelegenheit und wagen einen Fluchtversuch. Leider werden wir von zwei aufmerksamen Gegnern entdeckt. Der Kampf geht weiter und der wachsende Fatum wird Nebensache.

„Wo bleibt Raxia?", rufe ich, bevor ich nur knapp einen Angriff abwehren kann. Ein zweiter folgt, der uns in die Enge treibt. Mio versucht seine Energie zu bündeln, damit er uns mehr Platz zum Bewegen schaffen kann, doch es ist aussichtslos. Die schnellen Hiebe und Attacken der Gegner lassen ihm keine Zeit zum Konzentrieren. Die Hoffnung auf einen Sieg schwindet, bis wir plötzlich aus der Quälerei Schreie vernehmen. Unzählige Energiegestalten rennen zwischen den Trümmern des zerstörten Tempels in unsere Richtung.

Im ersten Moment verzweifle ich, da wir bereits mit der bisherigen Feindzahl nicht fertig geworden sind, jedoch kämpfen die Quälerei-Soldaten nicht gegen uns. Sie greifen Fatums treue Untergebene an.

Ich packe Mio am Arm und schlage die Lichtgestalt vor uns nieder, damit wir fliehen können. Diesmal gelingt es. Wir erreichen Fatums Tempel.

Der Drache bemerkt uns nicht. Sein unerwarteter Wachstumsschub frisst seine ganze Aufmerksamkeit.

„Mio, wir müssen Raxia finden."

„Sie ist in der Nähe. Ich spüre ihre Aura. Folge mir."

Wir betreten die zusammengestürzte Quälerei.

Raxia liegt erschöpft inmitten der Glasscherben am Boden. Sie scheint verletzt zu sein. Mio kniet sich neben sie und beginnt mit der Heilung.

„Mach hinne, Fatum wird uns bemerken."

Mio beeilt sich, doch plötzlich hält er inne. Seine Augen sind ganz groß und er flüstert etwas. Ungeduldig fahre ich ihn an. Er deutet auf Raxias Wange.

„Ihr Blut – es ist rot", sagt er. Seine Hand zittert.

Meine Mimik ist sicher nicht die Beste.

„Wie kann das- ..."

Fatums lautes Brüllen unterbricht mich. Sein riesiger Fuß schlägt durch die Decke und landet nur knapp neben uns. Mio weicht zurück. Ich werfe mir Raxia über den Rücken. Wir rennen nach draußen und sehen in zwei gefährliche Drachenaugen.

„Ihr wagt es", keift Fatum und holt mit seinem langen Schuppenschwanz aus. Wir können dem Angriff knapp ausweichen.

Ich lehne Raxias bewusstlosen Körper an ein Trümmerteil des Tempels, bevor ich Fatum mit meiner Energie unter Beschuss nehme. Er konzentriert sich auf mich, sodass Mio zu Raxia eilen kann, um die Heilung voranzutreiben. Sie muss aufwachen.

„Ihr habt mir meine Rache zerstört", keift Fatum voller Hass.

„Hat sich so ergeben", antworte ich.

„Das war nicht euer Recht!", schimpft er und lässt seinen Schwanz auf den Boden krachen. In dem Moment kommt Raxia zu sich. Sie öffnet schwach ihre Augen und stöhnt. Plötzlich kracht es. Fatums Schwanz zerteilt das Trümmerstück, hinter dem Mio und sie sich verstecken. Aus dem Augenwinkel heraus kann ich sehen, wie Mio sich schützend auf sie wirft. Weitere Zeit bleibt mir nicht. Fatum ist in Rage. Seine Angriffe treiben mich von meinen Freunden weg. Es ist echt schwer, ihm auszuweichen. Der verfluchte Drache hat eine große Reichweite. Ich bin die Fliege, die um ihn herumschwirrt.

Nach einiger Zeit entdecke ich Mio. Er scheint Raxia in Sicherheit gebracht zu haben. Jetzt unterstützt er mich im Kampf. Offensichtlich hat er einen Plan. Er pirscht sich aus dem Hintergrund an Fatum heran.

‚Er will auf den Rücken', kommt mir in den Sinn.

Das klappt nicht, wenn Fatum weiter so zappelt.

x|Lock ihn zu mir|x, sagt Mios Stimme in meinen Gedanken.

Er steht auf Trümmern des Tempels. Mir wird alles klar. Über die will er auf den Rücken, zwischen die Flügel, um Fatums Schwachstelle anzugreifen.

Ich gebe mein Bestes. Fatum muss gehorchen, aber darf nicht merken, dass ich ihn bewusst zu Mio steuere. Zum Glück ist er immer noch so wütend, dass er nicht nachdenkt.

Während ich weiterhin seinen Angriffen ausweiche, lenke ich ihn zu Mio. Das Timing stimmt. Er springt und kann sich an Fatums Schuppen halten. Doch plötzlich rutscht er einige Meter in die Tiefe.

x|Halt dich fest!|x, denke ich erschrocken.

Er klettert Richtung Flügel. Innerlich atme ich auf. Es fehlt nicht mehr viel, dann hat er das Ziel erreicht.

Mir geht langsam die Puste aus. Ich bleibe auf Abstand. Fatum passt sich an. Seine Attacken decken jetzt eine größere Fläche ab, jedoch zappelt sein Körper nicht mehr so wild. Perfekt für Mio. Er ist gleich zwischen den Flügeln. Ich versuche den Drachen weiter abzulenken, damit er unseren Plan nicht durchschaut.

„Ist schön zu wissen, dass so ein paar Möchtegerns den verhassten Erzrivalen getötet haben, oder?"

„Du Wurm!", brüllt Fatum und spuckt mir einen Feuerball entgegen. Ich staune nicht schlecht. Die brennende Kugel fliegt zum Glück an mir vorbei. Das war knapp.

Mio baumelt an einer Schuppe. Er sieht alles andere als glücklich aus. Ich muss Fatum weiter zwingen, zuzuhören und sich nicht zu bewegen.

„Von der eigenen Schöpfung besiegt, - das ist ganz schön fies. Ohne euren genialen Erfindergeist wären wir noch immer irgendwelche dummen Affen. Eigentlich müssten wir euch vergöttern. Aber mit Respekt ist das so eine Sache."

Fatum tritt mit seinem Fuß nach mir. Es folgt ein weiterer Feuerball. Ich erkenne eine Lücke. Geschwind ramme ich ihm mein Schwert in den Fuß. Er hat eine Zehe weniger. Sein Jaulen verschafft mir Gänsehaut.

„Du hättest bestimmt gern Malums Gesicht gesehen, als er starb. Schade, dass ich kein Handy dabei hatte. Gibt leider kein Erinnerungsfoto."

„Stirb, du Fehlproduktion!", schreit der Drache und vollzieht eine ruckartige Drehung, um mir seinen Schwanz überzuziehen.

Ich entdecke beim Ausweichen, dass Mio endlich die Flügel erreicht hat. Er sammelt Energie. Nach wenigen Sekunden feuert er sie ab. Fatum kreischt laut. Er scheint höllische Schmerzen zu haben.

Mio rutscht von seinem Rücken und landet neben mir. Wir bringen uns in Sicherheit und warten gespannt auf Fatums Ende. Doch es passiert nichts.

„Der stirbt nicht." Ich bin schockiert.

„Aber ich hab ihm eine ausreichende Menge Energie in den Rücken geschossen. Sein Herz kann das nicht überstanden haben", sagt Mio.

„Hier ist was faul. Vielleicht hat Malum uns belogen."

„Was machen wir jetzt?"

Mio wartet vergeblich auf eine Antwort.

Fatum hat uns entdeckt.

„Ihr Würmer!", brüllt er. Seine roten Augen fixieren uns. „Das werdet ihr büßen."

„Stirb doch einfach!", schreie ich. Meine Angst kann ich nicht länger verbergen. Ich bin alle.

Fatum lacht.

„Ihr seid am Ende. Ihr wisst nicht, wie ihr mich besiegen könnt. Malums Tipp wird euch nicht weiterbringen. Er war es doch, der euch von der Schwachstelle von uns Aguanern berichtet hat. Habe ich Recht?"

Wir brauchen dringend einen neuen Plan.

x|Versuch Neven in dir zu erreichen, Mio. Ohne seine Strategie sind wir am Arsch.|x

x|Das sagst du so leicht. Wie soll ich das denn machen? Das ist doch alles hoffnungslos.|x

x|Gib nicht auf. Wir schaffen das. Raxia versohlt uns sonst den Hintern.|x

Aggressiv stellt Fatum die Schuppen an seinem Hals auf. Er feuert kleine Energiegeschosse auf uns ab. Die Kügelchen sind rasend schnell. Es ist uns nicht möglich, allen auszuweichen.

„Geht's dir gut?", rufe ich Mio nach dem Angriff zu.

Er steht tapfer wieder auf und klopft die Flamme an seiner Hose aus.

Fatum lacht.

„Ihr seid schwach", sagt er und lässt die nächsten Energiekügelchen auf uns niederprasseln. Sie verbrennen mich am Arm und an den Beinen.

Ich bleibe am Boden. Mio bemerkt scheinbar meinen Zustand. Er versucht einen Gegenangriff. Fatum wedelt seine Energie mit einem Flügelschlag davon.

„Lächerlich", sagt er.

„Stirb doch endlich", rufe ich verzweifelt.

Hämisch sieht er auf uns herab.

„Malum zu töten war euer größter Fehler. Er war der Grund, weshalb ich meine Kräfte all die Jahre spalten musste." Fatum peitscht mit den Flügeln. Wir werden wie Blätter im Wind zurückgepustet. „Niemand wird mich jemals besiegen. Ich bin das stärkste Wesen dieser Galaxie!"

Der Drache speit Feuer. In letzter Sekunde errichtet Mio einen Schutzschild, damit wir nicht verbrennen.

„War das Neven?", frage ich geschockt.

Mio sinkt in die Knie. Er spuckt schwarzes Blut.

„Scheiße, was hast du?!" – Fatums Schwanz rast auf uns zu. Er erwischt uns und wir werden durch das Nichts geschleudert. Im Flug bekomme ich Mio zu packen. Ich ziehe ihn an mich und bremse den Sturz mit meinem Körper.

Mio hustet und wischt sich das Blut vom Mund.

„Wurdest du getroffen?", frage ich.

Er schüttelt den Kopf.

„Neven", keucht er. „Seine Magie ist zu stark für mich."

„Dann verzichte auf seine Fähigkeiten."

„Ich kann das nicht kontrollieren."

Fatum beendet die Unterhaltung mit einer Feuerwalze. Mios Teleportation zu den Ruinen der Tempelanlage ist unsere Rettung. Doch nach der Landung bricht er zusammen und spuckt wieder schwarzes Blut. Raxia, die sich zwischen den Trümmern versteckt hält, kommt angelaufen.

„Was ist passiert?", fragt sie. „Warum blutet Mio so stark?"

„Er hält Nevens Magie nicht aus. Wir sind am Arsch, Raxia. Wir schaffen Fatum nicht. Die dämliche Echse ist 'ne Nummer zu groß für uns."

„Habt ihr sein Herz angegriffen?"

„Ja, Mio hat es voll erwischt, aber es hat ihn nicht gejuckt."

Das Gespräch reißt ab. Fatum ist im Anmarsch. Mio wischt sich das Blut vom Mund und rappelt sich hoch. Er taumelt. Ich stütze ihn und sehe schon bald in Fatums rote Augen.

„Zodans Auserwählte – alle vereint", sagt er. „Wenn er nur sehen könnte, wie verzweifelt und ängstlich ihr vor mir steht."

„Halt's Maul! Wir haben keine Angst vor dir!", schreie ich.

Fatum haut mit dem Schwanz zu. Raxia zerrt Mio zur Seite. Ich weiche aus.

„Ihr werdet mich nie besiegen", lacht der Drache und stellt seine Schuppen auf.

„Raxia – WEG!", schreie ich.

Sie reagiert und teleportiert sich mit Mio in Sicherheit. Ich fange die Geschosse so gut wie möglich mit dem Schwert ab.

Wütend sehe ich Fatum nach seinem Angriff an.

„Aug um Aug, Echse", fordere ich ihn heraus.

Er lacht.

„Woher nimmst du die Kraft, Versager-Key?"

Sein nächster Angriff sitzt. Ich werde von zwei Feuerbällen gleichzeitig attackiert und kann nur einem ausweichen. Doch zu meiner Überraschung nehme ich keinen Schaden.

„Was ist jetzt los?", frage ich verwirrt.

Eine zweite Aura umgibt mich plötzlich. Sie ist schwarz und hat Fatums Feuer absorbiert.

„Das kann nicht sein!", ruft der Drache und spuckt einen weiteren Feuerball nach mir.

Er verglüht, ohne mir zu schaden.

Fatum brüllt zornig und tritt um sich. Ich rolle beiseite und darf bemerken, dass die schwarze Aura meine Energie regeneriert. Ich bin nicht mehr erschöpft.

x|Milan, geht es dir gut? Wir hören Fatum brüllen|x, erklingt Raxias Stimme in meinem Kopf.

Ich berichte von der zweiten Aura, während ich Fatums Angriffen ausweiche und einen Konter schaffe. Mein Hieb geht durch seine Schuppenschicht und verletzt wieder seinen Fuß. Just bemerke ich, dass die Zehe, die ich vorhin abgeschlagen habe, nachgewachsen ist. – „Was soll das jetzt?"

Ich muss zurückspringen, sonst tritt er mich.

„Bist du ein Axolotl? Wieso wachsen deine Gliedmaßen nach?"

Fatum antwortet nicht. Er spuckt wahllos Feuer und hat die Kontrolle verloren.

x|Milan, was passiert mit Fatum?|x, fragt Raxia.

x|Er ist ein Axolotl.|x

x|Ein was?|x

x|Nicht so wichtig. Dem ist die Kralle nachgewachsen, die ich vorhin abgeschlagen habe. Ich hab keine Ahnung, wie ich den besiegen soll.|x

x|Ich habe einen Verdacht. Wahrscheinlich gehört die schwarze Aura Malum. Deine Willenskraft scheint die Magie seines Auges aktiviert zu haben. Du besitzt jetzt aguanische Fähigkeiten|x, erklärt sie.

x|Wachsen mir jetzt auch Körperteile nach?|x

Fatum erwischt mich mit dem Schwanz, weil ich für einen Moment abgelenkt war. Ich fliege rücklings durch die Luft und pralle ungebremst gegen wohl die einzige Tempelmauer, die noch aufrecht steht.

„Milan!", höre ich Raxias Stimme.

Ich muss in ihrer Nähe gelandet sein.

Sie zieht mich ins Versteck. Fatum bemerkt es nicht.

„Malum scheint dich nicht vor physischen Angriffen zu beschützen", kombiniert sie und blickt zu Mio. „Dein Verdacht scheint sich zu bestätigen."

„Was für ein Verdacht?", keuche ich. „Scheiße, tut das weh."

„Es kam mir vorhin so vor, als würde meine Energie rapide abnehmen, wenn Fatums Angriffe mich getroffen haben. Ich denke, er saugt fremde Energie ab, um sich selbst zu regenerieren", erklärt er.

„Ist er wirklich unbesiegbar?", frage ich, aber Mio schüttelt den Kopf.

„Das funktioniert wie bei Tarek. Wenn wir ihn zum Platzen bringen, haben wir gewonnen."

„Hä? Willst du ihn mästen?"

Raxia verdreht genervt die Augen.

„Du warst bewusstlos, als wir Tarek besiegten. Ich habe ihn mit meiner Remote-Magie kontrolliert und seine Energie aufgeladen, bis sein Körper es nicht mehr aushielt. Wie bei einem Luftballon. Aber das wird bei Fatum nicht funktionieren. Meine Magie ist nicht stark genug, um gegen einen Aguaner anzukommen."

„Deswegen müssen wir ihn füttern", erwidert Mio. „Wenn Fatum Milans und meine Energie frisst, zusätzlich zu den anderen Seelen, die noch im Nichts sind, wird es ihn wahrscheinlich zerreißen und wir haben unseren geplatzten Luftballon."

„Und was wenn nicht?", fragt Raxia.

„Dann wären wir alle endgültig tot. Das ist das Risiko."

„Viel zu riskant", meckert sie.

Ich denke über die Idee nach. So dumm klingt es nicht, Fatum von innen heraus zu zerstören.

„Milan, du musst Fatum mit Malums Magie in die Enge treiben, bis er gezwungen ist, alle Reisenden zu absorbieren. Danach wird er sich übermächtig fühlen und uns angreif-…" Raxia hält Mio den Mund zu.

„Schluss! Genug mit dem Wahnsinn. Wir werden uns nicht ausliefern", legt sie fest.

„Du sowieso nicht. Dein Blut ist rot, also bist du am Leben", antworte ich. Mio pflichtet mir bei, nachdem er sich aus ihrem Griff befreit hat.

Unsere Widerworte wecken die Zicke in Raxia. Sie stemmt die Hände in die Hüften.

„Das wird ja immer schlimmer. Wenn, dann kämpfen wir alle. Dass ich lebe, ist reiner Zufall. Irgendwie scheint mein Lebenspartikel aus dem Energiestrom zu mir zurückgefunden zu haben, als wir nach der Zerstörung der Schattenwelt ins Nichts gesogen worden sind."

„Das *Wie* und *Warum* ist egal. Du lebst, also beschützen wir dich. Ende der Diskussion", bestimme ich und sehe Mio an. „Wir setzen deinen Plan in die Tat um."

„Das tut ihr nicht! Ich mache da nicht mit!"

Plötzlich pustet uns heiße Luft entgegen. Es kracht und neben uns schlägt ein Feuerball in die Trümmer. Die Funken nehmen mir für kurze Zeit die Sicht.

„Gefunden", knurrt Fatum, bevor die nächste Angriffswelle auf uns niedersaust.

Raxia und Mio teleportieren, während ich mich dem Gegner stelle. Mit dem Schwert in der Hand, trotze ich dank Malums Aura, die sich scheinbar durch meine Angst aktiviert hat, arrogant seinem Feuer.

„Wie schön. Ich habe ein bisschen gefroren", sage ich.

Fatum schreit auf. Er stampft auf den Boden. Ich greife ihn an, begleitet von Raxias Stimme in meinem Kopf, das zu unterlassen.

Mein Schwert trifft Fatum am hinteren Schenkel. Er heult laut auf. Die dunklen Blitze meiner Energie verbrennen seine Schuppen. Sie schmelzen regelrecht.

„Wow, da hat mir dein Ehegatte aber was Nützliches hinterlassen", bemerke ich und lande den nächsten Treffer.

Fatums Hinterleib geht zu Boden.

x|Weiter so, Milan|x, fordert Mios Stimme.

Ich bleibe auf der Überholspur, bis Fatum ein Konter gelingt. Er trifft mich mit seiner Kralle. Sie schneidet mir quer über die Brust. Die gewonnene Energie reicht ihm jedoch nicht, um sich zu heilen. Er bleibt verletzt. Der Kampf geht weiter, bis wir plötzlich von lautem Geschrei gestört werden.

Die Soldaten haben ihre Schlacht beendet. Die Gequälten sind als Sieger hervorgegangen. Sie strömen in Scharen zum zerstörten Tempel und greifen Fatum an. Unter ihnen ist Aurelia. Sie schwingt ihren Hammer und setzt zum Schlag an. Der Drache macht kurzen Prozess.

„Endlich seid ihr zu etwas nütze", sagt er und speit Feuer, das sich zu einer Walze bündelt und die Gequälten verschlingt. Sie haben keine Chance. Die Flammen löschen sie aus.

Mir steht der Schock ins Gesicht geschrieben, bis Mio neben mich tritt und ich seine Hand auf der Schulter spüre.

„Wo ist Raxia?", frage ich.

„Ich hab sie schlafen geschickt", antwortet er und wendet den Blick ab.

„Beenden wir das Elend", sage ich, bevor ich losstürme. Ohne Rücksicht auf Verluste und beladen mit unbändiger Wut im Bauch, ramme ich Fatum mein Schwert von hinten in die Seite. Er brüllt, wirbelt herum und spuckt Feuer. Ich gehe zu Boden und muss in die roten Augen starren, die sich direkt vor mir befinden. Sein Maul öffnet sich. Dann wird's finster.

Ich verliere nicht mein Bewusstsein. Zwar sehe ich in dem Drachen nichts mehr, aber wie damals im Qual-Glas wechselt meine Sicht in Mios Kopf. Ich erkenne Fatum, der vor ihm steht. Außerdem fühle ich Mios Schmerz. Er trauert. Außerdem hat er wahnsinnige Angst. Doch viel schlimmer ist sein Zorn. Er lodert in seinem Körper und verschlingt seinen Verstand. Die besten Voraussetzungen für unser Glühwürmchen.

Jedoch juckt Fatum das nicht die Bohne. Er absorbiert Mio mit seinem Feuer. Die Verbindung bricht ab. Mios Aura fühle ich trotzdem. Er ist zu mir in Fatums Inneres gekommen. Ich rufe seinen Namen. Er reagiert nicht sofort.

„Mach es nicht immer so spannend", motze ich, bis er endlich antwortet.

„Milan?"

„Ja."

„Fatum ist nicht explodiert. Mein Plan ist gescheitert. Es tut mir leid."

„Dein Plan ist nicht gescheitert. Uns scheint so etwas wie eine Schutzhülle zu umgeben, die verhindert, dass er unsere Energie komplett absorbieren kann."

„Eine Schutzhülle? Ob das an Malums Auge liegt?"

„Nicht direkt", ertönt eine neue Stimme.

Wir geben wieder eine erstklassige Synchonschreinummer ab. Der Schock sitzt tief. ‚Ob Fatum uns hören kann?'

„Wer bist du?", frage ich.

Die Stimme lacht. Sie klingt rau und alt.

„Hör auf zu lachen und sag uns, wer du bist!"

„Es freut mich euch wiederzusehen", sagt die Stimme. „Es ist einige Zeit her. Meine Magie mag durch die unzähligen Wiedergeburten abgenommen haben, allerdings ist sie noch ausreichend, um Fatum zu vernichten."

„Sie sind Zodan", antwortet Mio. Seine Stimme klingt ehrfürchtig.

„Das ist richtig, Erster Key. Ich bin es, der euch erschuf. Fatum absorbierte mich nach meinem Verrat. Er machte sich meine Magie zu eigen und verbannte Malum in das Silberne Meer. Sein Rivale versank im Nebel und wurde Herrscher der Schattenwelt, da Fatum es ihm unmöglich machte, seinem Gefängnis zu entkommen. Dieser Bann kostete Fatum beinahe seine ganze Energie, weshalb er auf die Größe eines aguanischen Kindes schrumpfte. Diesem Feind standet ihr gegenüber und habt ihn in seiner wahren Gestalt mutig bekämpft. Ich bin stolz auf euch", sagt Zodan.

„Wir haben verloren, falls du das nicht gemerkt hast."

„Der Kampf ist nicht verloren. Ihr seid beide hier und müsst euch vereinen, um den ersten Teil der Prophezeiung zu erfüllen."

„Was meinen Sie mit *vereinen*?", fragt Mio.

„Das klingt pervers, Opa."

Zodan lacht.

„Ich bin zuversichtlich, dass ihr den Mondaren der zweiten Generation den langersehnten Frieden bringen werdet. Ich vertraue euch", hallt seine Stimme plötzlich von weit entfernt.

„Hey, bleib hier", rufe ich, aber der alte Mann antwortet nicht mehr. „Ist das zu glauben?" Ich bin fassungslos.

„Wir haben mit Raxias Ältestem gesprochen. Er hat sie damals verbrannt", sagt Mio.

„Woher weißt du das?", frage ich schockiert.

„Keine Ahnung. Wahrscheinlich weiß ich es durch Neven. Aber das ist gerade zweitrangig. Wie können wir unsere Seelen vereinen, Milan?"

„Scheinbar hast du auch seine kalte analytische Seite übernommen." Mich fröstelt der bloße Gedanke daran, wie grausam Raxia gestorben sein muss. Jedoch hat Nevens Seele Recht. Zeit zum Trauern haben wir nach dem Sieg genug.

Plötzlich durchzieht mich ein unvorhergesehener Schmerz. Ich schreie auf. Mio scheint es ähnlich zu gehen.

„Was ist das?", ruft er erschrocken.

„Ich weiß nicht", antworte ich und kann meine Angst nicht länger im Zaum halten.

„War das Zodan?" Mio klingt ebenfalls ängstlich.

Neuer Schmerz.

„Das Schutzschild bröckelt! Milan, du sagtest doch, es beschützt uns vor der kompletten Auflösung. Wenn es verschwindet, erhält Fatum unsere Kraft."

„Wir müssen uns vereinigen. Mach was, Mio!"

„Was denn?!", schreit er panisch.

„Scheiße, tut das weh! Mio, jetzt streng deine Gehirnwindungen an. Bitte!"

„Ich-Ich kann mich nicht konzentrieren."

„So eine Scheiße!"

„Das-das ist das Ende …"

Suchend strecke ich meine Hand aus, obwohl ich weiß, dass sie nicht mehr da ist. Aber ich will Mio fühlen. Wie durch ein Wunder ertaste ich einen Widerstand in der Finsternis, der sich tatsächlich als eine zweite Hand herausstellt.

„Milan." Seine Stimme klingt schwach. „Lass mich nicht allein."

Ich will ihm antworten, aber es ist sinnlos. Meine Stimme ist verstummt. Das Einzige, was ich noch wahrnehme, ist seine Wärme in meiner Hand.

KAPITEL 7

Schwarz. Ich fange langsam an, diese Farbe zu hassen. Um sie zu vertreiben, öffne ich meine Augen. Die Welt erhält ihre Farben zurück. Vorwiegend fällt mir Grün auf. Ich liege unter Bäumen, deren Blätter im Sonnenlicht strahlen. Die Luft riecht herrlich. Ich blinzle und setze mich auf. Mein Körper schmerzt. Ich fühle mich erschöpft, als wäre ich einen Marathon gelaufen.

Als ich an mir hinabblicke und die zerfetzte Kleidung bemerke, erschrecke ich.

‚Hatte ich einen Unfall?'

Unruhig sehe ich mich um und versuche mich zu erinnern. Erst jetzt fällt mir ein, dass ich keine Ahnung habe, wie ich hierherkomme.

‚Bin ich in ein Verbrechen verwickelt worden? Habe ich mir den Kopf bei einem Waldspaziergang gestoßen?'

Verwirrt rufe ich *Hallo*, um mich bemerkbar zu machen.

Plötzlich bewegt sich etwas neben mir. Mein Blick huscht nach rechts. Ich fahre erschrocken zurück, als ich jemand neben mir entdecke. Es ist ein Kerl und er sieht ähnlich mitgenommen aus wie ich. Allerdings kann ich sein Gesicht nicht erkennen. Er liegt auf dem Bauch und kommt langsam zu sich. Vorsichtshalber gehe ich auf Abstand.

Der Typ hustet. Ihm hängen die zerzausten Haare ins Gesicht. Ich sehe seine Augen nicht, nur seinen Mund. Er hat ihn geöffnet und atmet schwer, nachdem sein Husten abgeklungen ist.

„Geht's dir gut?"

Als er meine Stimme hört, stockt sein Atem. Er hebt den Kopf und sieht mich an. Seine Haare fallen aus dem Gesicht. Unsere Blicke treffen sich und schlagartig kehren meine Erinnerungen zurück. Mir schießen die Tränen in die Augen. Ich zieh ihn in meine Arme.

„Ich krieg keine Luft mehr", krächzt er und drückt mich weg.

„Was hast du da eben gesagt?"

Mios Augen weiten sich. Er berührt seine Brust.

„Es schlägt wieder", flüstert er.

„Das bildest du dir ein."

Hektisch schüttelt er den Kopf, greift meine Hand und legt sie auf seine Brust. Ich will ihn auslachen, alles abstreiten, aber dann spüre ich es selbst. Schnell berühre ich mein eigenes Herz.

Bumm-bumm, bumm-bumm.

„Das-Das kann nicht sein", flüstere ich.

„Doch! Wir leben wieder!"

„Das geht nicht. Fatum hat uns absorbiert."

„Und genau das war sein Untergang", spricht eine weibliche Stimme, deren Besitzerin unerwartet neben uns auftaucht.

„Raxia, es geht dir gut", ruft Mio.

Sie lächelt und nickt.

„Dank euch."

Sie kniet sich zu uns auf den Boden. Mir fällt ihre blasse Erscheinung auf. „Warum bist du so durchsichtig?"

„Weil das meine Energiegestalt ist. Ich habe meinen gegen eure Lebenspartikel getauscht."

„Warum?!", fragen wir entsetzt.

„Ich möchte es euch erklären, bevor ich gehe. Die Schatten, die uns zuletzt von der Lichtung entführten, waren Malums Erinnerungen. Sie hatten sich in der Menschenwelt manifestiert und brachten uns zur letzten Stätte der Schattenwelt: dem Silbernen Meer. Dabei gerieten die Dimensionen durcheinander und berührten den Energiestrom, in dem die Lebenspartikel eines jeden Reisenden verweilen. Es war Zufall, dass ich mit meinem Lebenspartikel kollidierte und wieder lebendig wurde."

„Das erklärt nicht, warum du dein Leben für unsere geopfert hast", erwidere ich.

Raxia seufzt. „Ich lebte vor 2.000 Jahren. Eure Zeit ist nichts für mich."

„Und deswegen brichst du dein Versprechen?", fragt Mio. Er ist wütend. Ich habe keine Ahnung, um was es genau geht.

„Ich will mich jetzt nicht mit dir streiten", würgt ihn Raxia ab. „Ich bin hier, um mich von euch zu verabschieden."

„Das kannst du nicht machen!" Er ballt die Fäuste.

Raxia redet unbeirrt weiter. „Ich bin glücklich, in euch so treue Freunde gefunden zu haben. Bitte werdet in eurem neuen Leben glücklich und genießt die Freiheit, die wir so hart erkämpft haben. Dank euch sind alle Seelen der Reisenden zurück in den Energiestrom geflossen und können wiedergeboren werden. Schätzt dieses- ..."

„Ignorier mich nicht!" Mio will sie festhalten, aber seine Hand gleitet durch ihren Körper.

Raxia senkt den Blick.

„Die Zeit ist um", flüstert sie und fängt an zu leuchten. „Um die Zerstreuten braucht ihr euch nicht sorgen. Ich werde all ihre Partikel finden und sie retten. Doch bevor ich das mache, nehme ich euch alle Erinnerungen an unser Abenteuer, damit die Weltordnung wiederhergestellt wird."

„Ich will dich nicht vergessen!", schreit Mio verzweifelt.

Schweigend lege ich meine Hand auf seine Schulter, während das Licht immer heller wird, bis es uns umhüllt und Mios Stimme verschluckt. Von weitem höre ich Raxias wehleidiges Schluchzen, bevor die Welt wieder finster wird.

Ich komme zu mir. Mein Kopf tut weh. Mio hat sich an mich gekuschelt. Es ist Nacht und ich nehme an, er fürchtet sich im Dunkeln. Der Mond scheint zwar, aber durch ihn werfen die Bäume einen unheimlichen Schatten.

Erleichtert sieht er mich an.

„Ich will hier weg", sagt er.

Ich richte mich auf.

„Lass uns einen gemütlicheren Ort zum Übernachten suchen."

„Wo müssen wir lang?"

„Ich hab keine Ahnung."

Mio seufzt. Ich muss lachen. „Das ist bald wie im Märchen."

Er ist verwirrt.

„Kennst du das nicht? Die beiden Geschwister, die von ihren Eltern im Wald ausgesetzt worden sind und bei der Hexe landeten."

„Ach so."

Zufrieden klopfe ich ihm auf die Schulter und richte mich auf. Ich gebe ihm die Hand.

„Komm, Gretel", stänkere ich.

Mio verzieht das Gesicht. „Wieso bin ich Gretel?"

„Das liegt wohl auf der Hand. Ich bin der Ältere."

„Blöde Ausrede."

„Ach, komm. Wir gehen jetzt einfach da lang. Mit etwas Glück finden wir eine Straße."

„Oder wir finden die Hexe", murrt er.

Ich lächle und sehe Richtung Himmel.

„Die passt auf uns auf."

Mio verzieht schmerzlich das Gesicht und beißt sich auf die Lippe. Ich nehme ihn in den Arm.

„Als ob wir Raxia jemals vergessen würden", flüstere ich.

Ein Windhauch wirbelt das Laub auf. Ich seufze traurig.

‚Blöde Kuh. Ich vermiss dich jetzt schon. Aber ich heule nicht! Das würdest du nicht wollen.'

Ich gebe Mio einen Schubs und blinzle die Tränen weg.

„Los! Lass uns wieder leben. Wir waren lang genug die Helden, kleiner Bruder."

„Daran muss ich mich erst noch gewöhnen", schnieft er.

Wir irren bis zum nächsten Morgen im Wald umher, bis wir endlich eine Straße erreichen. Sie ist schlecht befahren und es dauert, bis endlich ein Auto neben uns anhält.

„Kann ich euch helfen?", fragt der ältere Mann hinterm Steuer.

„Wir haben uns verlaufen", sage ich.

Er lächelt und bietet an, uns bis zum nächsten Ort mitzunehmen. Dankend steigen wir ein und setzen uns auf die Rücksitze. Die Fahrt dauert eine gute Viertelstunde, bis wir einen Supermarkt entdecken.

„Können Sie uns hier rauslassen?", frage ich.

„Wollt ihr nicht lieber zur Tankstelle? Der Supermarkt macht erst in etwa einer Stunde auf."

„Das ist okay. Ab hier finden wir uns wieder zurecht."

„Wie ihr wollt."

Er biegt auf den Parkplatz, damit wir aussteigen können.

Wir bedanken uns.

„Keine Ursache. Ich weiß wie ihr euch fühlt."

„Ach ja?" – Woher er das wissen will, ist mir ein Rätsel.

Der Mann schmunzelt. „Ihr seid ein hübsches Pärchen. Hört auf mit dem Versteckspiel im Wald. Ich wünsche euch alles Gute." Er winkt und setzt seinen Weg fort.

Wir stehen fassungslos auf dem leeren Parkplatz.

„Hat der das gerade wirklich gesagt?", fragt Mio.

„Ja", antworte ich pikiert und brauche Zeit, um den Schock zu verdauen.

Nicht weit von dem Supermarkt entfernt gibt es eine Bushaltestelle. Wir nehmen den Bus und fahren zu Caros Haus. Da wir weder Geld für Essen noch saubere Klamotten haben – von einer Unterkunft ganz zu schweigen – erhoffe ich mir Hilfe bei ihr zu finden. Jedoch bin ich nervös.

„Hast du Schiss, dass sie es dir übelgenommen hat, weil du dich nach eurer gemeinsamen Nacht nicht wieder bei ihr gemeldet hast?", fragt Mio, weil ich bereits viel zu lange untätig vor der Klingel stehe.

Ich schüttle den Kopf und atme tief durch.

„Betteln liegt mir nicht", antworte ich, obwohl Mio auch Recht hat.

Nach kurzer Überlegung drücke ich endlich auf den Klingelknopf. Wenig später öffnet Caro die Tür. Sie bekommt große Augen.

„Milan. Was machst du hier?", fragt sie.

Ich will ihr alles erklären, jedoch unterbricht mich eine Männerstimme aus dem Haus.

„Schatz, wer ist es denn?", ruft die fremde Stimme.

Mir verschlägt es die Sprache.

Caro wird nervös.

„Der Postbote sucht nur eine Adresse. Ich helfe kurz", sagt sie und zieht die Tür hinter sich zu.

„Milan, das passt jetzt ganz schlecht", flüstert sie.

„Wer war das? Etwa dein Noch-Ehemann?"

„Das ist alles ganz anders."

„Auf mich wirkt das eindeutig."

„I-Ich hatte keine Wahl."

„Eine dümmere Ausrede fällt dir nicht ein?"

„Milan, jetzt sei nicht so."

Bevor unser Streit eskalieren kann, geht die Haustür auf und Caros Mann kommt heraus. Er ist groß, gutaussehend und man erahnt anhand seiner Ausstrahlung das prallgefüllte Bankkonto.

„Ist etwas nicht in Ordnung?", fragt er.

„Nein, alles gut. War 'ne Verwechslung.", knurre ich und wende mich ab. Mio folgt mir. In dem Moment höre ich ein blechernes Babyschreien.

„Hach, sie ist aufgewacht", stöhnt Caros Kerl, wirft einen Blick auf das Babyphone in seiner Tasche und wendet sich ab. Ich drehe mich zu ihr um und starre sie an. Sie hat Tränen in den Augen, kehrt mir den Rücken und rennt ihrem Mann nach.

„Das war wohl nichts", seufzt Mio deprimiert, nachdem er sich die Hose und den Pulli überzieht, die ich im Discounter geklaut habe. Ich selbst bin ebenfalls umgezogen. Wir sehen wieder wie normale Menschen aus – auch wenn Klauen absolut scheiße ist.

„Erinnerst du dich, wann wir Caro getroffen haben?", frage ich, weil mich schon die ganze Zeit etwas beschäftigt.

„Wir waren bereits auf der Flucht vor Fatum. War das nicht im Winter 2029? Wir sind doch vor der Bibliothek in den Schnee gefallen."

„Welches Jahr haben wir?"

„Keine Ahnung."

Wir verlassen das Bahnhofsklo, in dem wir uns umgezogen haben und suchen einen Fahrkartenautomaten. Schnell lese ich das Datum ab. 25.04.2031. Mir rutscht das Herz in die Hose.

„In der Menschenwelt sind vier Jahre vergangen, seit wir dich beim Blutmondritual befreit haben", rechne ich.

Mio nickt. „Allein der Kampf gegen die Drachen hat fast zwei Jahre gedauert. Ganz schön krass, wie schnell die Zeit in der Menschenwelt vergangen ist. Wir scheinen mit der Zerstörung der Schattenwelt alles durcheinandergebracht zu haben. Hätte ich gelebt, würde ich am 31. August zwanzig werden."

„Und ich bald vierundzwanzig. Aber darauf wollte ich mit der Rechnerei nicht hinaus."

„Worauf dann?"

Ich spare mir die Antwort und schnappe seine Hand. Mio folgt mir. Unser Ziel ist Caros Haus. Ich klingle mehrmals, aber mir wird nicht geöffnet. Wütend schlage ich gegen die Haustür. In dem Moment kommt eine alte Frau um die Ecke. Sie hält einen gefüllten Futternapf in der Hand.

„Mietz, Mietz, Mietz", ruft sie, bevor sie uns bemerkt. „Kann ich Ihnen helfen?"

„Ja", antworte ich und nähere mich der alten Dame.

„Wo sind die Leute, die hier wohnen?", will ich wissen.

Sie beäugt mich misstrauisch.

Mio seufzt und stellt sich geschickter an als ich.

„Entschuldigung. Wir suchen die Familie, die hier wohnt, weil wir eine Frage wegen einer offenen Bestellung in unserer Gärtnerei haben", sagt er und bekommt eine Antwort.

„Sie sind mit ihrer kleinen Tochter spazieren gegangen. Ein niedliches Ding. Diese dicken Backen! Hach, ein Traum."

„Ja, Babys sind sehr süß. Sind sie denn Richtung Park gegangen?", fragt Mio.

„Nein, nein. Herr Fuge leidet an ganz schlimmem Heuschnupfen und im Park wurde erst letztes Jahr die neue Wildgräser-Landschaft angelegt. Herrliche Farben, sag ich Ihnen. Aber das wissen Sie als Gärtner sicher."

„Wo können wir Familie Fuge denn finden?", frage ich.

„Sie spazieren am Wald entlang. Die Innenstadt ist nichts für ein Baby. Diese ganze verpestete Luft. Pfui. Ich bevorzuge mein Haus am Stadtrand. Vor Jahren kaufte ich es mit meinem Mann. Er ist leider verstorben, aber Minka ist mir geblieben. Nur leider ist sie sehr widerspenstig. Ich muss ihr immer mit dem Futter nachlaufen, weil sie so wählerisch ist."

Mio nickt mir zu. Ich habe verstanden. Wir verabschieden uns von der alten Frau und suchen die Nachbarschaft nach Caro ab. Als wir sie finden, dämmert es bereits und wir fühlen deutlich die Müdigkeit in unseren Knochen. Ich bin froh, dass ihr blöder Kerl nicht bei ihr ist. Mit etwas Glück ist der an den Wildgräsern erstickt.

„Lässt du mich bitte mit ihr allein reden?"

Mio nickt. „Vielleicht kann ich ein bisschen schlafen. Ich bin müde", antwortet er. „Vergiss mich aber nicht."

„Quatsch."

Er macht es sich unter einem Baum gemütlich.

Ich gehe zu Caro. Sie sitzt mit dem Rücken zu mir auf einer Bank am Waldrand. Der Kinderwagen steht daneben und das

Baby hat sie auf dem Arm. Bevor ich sie erreiche, bemerkt sie mich und steht auf.

„Milan", sagt sie erschrocken.

Ich betrachte schweigend das Kind. Es ist ein süßes Mädchen mit blauen Augen. Weder Caro noch ihr Arschloch von Mann haben blaue Augen. Mir rutscht das Herz in die Hose.

Caro lässt sich kraftlos zurück auf die Bank sinken. Ich nehme neben ihr Platz. Das Mädchen beobachtet mich interessiert und streckt ihre winzigen Hände nach mir aus.

„Darf ich?", frage ich.

Caro nickt.

Unbeholfen nehme ich die Kleine auf den Arm. Sie fühlt sich schwerer an, als sie aussieht.

„Sie heißt Isabel", sagt Caro.

Ich muss schmunzeln.

„Wie deine Lieblingsbloggerin, als du noch diese dussligen Modeblogs verfolgt hast", erinnere ich mich.

Caro kichert. „Ja, das stimmt", gibt sie zu.

Isabel scheint es bei mir zu gefallen. Sie untersucht intensiv mein Gesicht und tippt mit ihrem kleinen Finger auf meiner Nase herum. Bevor ihr Finger in meinem Auge landet, halte ich ihre Hand fest. Sie zieht sie weg und begnügt sich mit dem Band des Pullis. Als ich etwas sicherer geworden bin, nehme ich sie behutsam an meine Brust. Ich halte sie ganz fest. Sie riecht herrlich nach frischem Weichspüler und Seife. Am liebsten würde ich sie nie wieder loslassen.

„Wie alt ist sie jetzt?"

„Sie ist am 04.09. geboren. Sieben Monate."

Caro richtet behutsam die Mütze auf Isabels Kopf, bevor sie seufzt. „Es tut mir leid, Milan. Ich wollte nicht wieder zu meinem Ex-Mann zurück, aber um alleinerziehende Mutter zu sein, fehlte mir der Mut."

Wir schweigen.

Mir gehen tausend Dinge durch den Kopf. Ich kann noch nicht begreifen, dass dieses Kind wirklich real ist.

Caro streichelt ihr über den Kopf und fährt mit ihrem Finger die zarten Wangen entlang. Isabel schiebt ihre Hand weg und beschäftigt sich weiter mit den Bändern meines Pullis.

„Konstantin denkt, sie ist von ihm und ich hätte unserer Ehe deswegen noch eine Chance gegeben. In Wahrheit war ich feige und habe den leichten Weg gewählt. Das ist weder ihm, noch dir, noch Isabel gegenüber fair, aber ich habe mir einfach keinen anderen Rat gewusst."

Ich schüttle den Kopf.

„Du warst nicht feige. Ich hätte da sein müssen, als du mich gebraucht hast. Hätte ich es doch nur gewusst."

„Wo hast du die ganze Zeit gesteckt? Du warst wieder wie vom Erdboden verschluckt. Und deine Nachricht … Milan, hast du vor, jetzt hier zu bleiben oder tauchst du wieder unter? Hast du irgendwelche Probleme? Bist du auf die schiefe Bahn geraten?"

„Ich hatte etwas Wichtiges zu erledigen."

„Hat das mit dem Jungen zu tun, mit dem ich dich in der Bibliothek erwischt habe?"

„Ja. Emilio ist mein Bruder."

Caro sieht mich erschrocken an. „Ich dachte, du hast keine Verbindung zu deiner leiblichen Familie?"

„Es war Zufall, dass ich ihn gefunden habe. Als ich von seiner Existenz erfuhr, zog ich zu ihm, weil ich meine Familie kennenlernen wollte, aber irgendwann wollte ich zurück nach Hause. Emilio habe ich mitgenommen. Wir werden uns eine gemeinsame Wohnung suchen."

„Das freut mich für euch." Caro lächelt.

Ich sehe sie dankend an, aber meine Gedanken wandern sofort zurück zu ihrem Ehemann.

„Was wird jetzt passieren?"

Isabel scheint meine Anspannung zu spüren. Sie will zurück zu ihrer Mutter. Caro wiegt sie im Arm.

„Was soll deiner Meinung nach passieren?", fragt sie.

„Ihr gehört zu mir. Ich will, dass du ihn verlässt."

„Das kann ich nicht, Milan."

Mir wird ganz elend.

„Es weiß niemand, dass du der Vater bist und ich habe Konstantin gegenüber ein schlechtes Gewissen. Er hat mich zwar betrogen, doch seit Bellchen da ist, benimmt er sich tadellos."

„Aber du liebst mich."

Caro legt ihre Hand an meine Wange.

„Ich bin jetzt Mutter und darf nicht egoistisch sein. Für Isabel ist Konstantin ihr Papa und er glaubt, sie ist seine Tochter."

Ich greife ihre Hand und beuge mich vor, um sie zu küssen. Sie erwidert ihn kurz, aber bricht dann ab und steht auf. Isabel wird in den Kinderwagen verfrachtet.

„Das kannst du mir nicht antun, Caro", rede ich verzweifelt auf sie ein, während sie die Flucht ergreift. Ich laufe ihr nach und halte sie auf.

„Wir gehören zusammen! Das ist unser Kind. Diese Scheinfamilie, die aus der Not heraus entstanden ist, ist falsch. Dieses Arschloch hat dich am laufenden Band verarscht. Er wird das wieder machen. Du kannst nicht freiwillig- ..."

„Lass mich gehen, Milan."

„Irgendwann wird auch dieser Idiot schnallen, dass sie nicht von ihm ist. Was willst du dann machen? Wie willst du es Isabel erklären?"

„Sei still!" Caro kommen die Tränen. „Du tauchst einfach so auf und verlangst von mir, mein ganzes Leben aufzugeben! Ich kann das nicht!"

„Es ist nicht nur deins. Deine Entscheidung betrifft auch Isabel und mich."

„Das weiß ich selbst! Ich hätte liebend gern Konstantin für dich verlassen, aber du warst nicht da, als ich vor Verzweiflung weder ein noch aus wusste. Wenn ich ehrlich bin, bin ich total wütend auf dich!"

„Jetzt bin ich da!"

„*Jetzt* ist es zu spät."

Caro geht. Ich laufe ihr wieder nach, aber werde von einem Wanderer daran gehindert, weiter auf sie einzureden.

„Bedroht Sie der Mann?", fragt er hilfsbereit.

Caro wischt sich die Augen trocken.

„Nein. Er möchte gerade gehen."

„Das kannst du nicht von mir verlangen", antworte ich.

„Geh bitte, Milan", wiederholt sie.

Plötzlich steht Mio neben mir. Er scheint den Streit gehört zu haben. Entschuldigend blickt er zu dem fremden Mann.

„Wir klären das. Danke für die Hilfe", sagt er und sieht mich an. „Lass und gehen. Jetzt ist nicht der richtige Zeitpunkt."

Ich will nicht verschwinden. Ich will Caro und meine Tochter an mich reißen und nie wieder loslassen. Trotzdem muss ich ohnmächtig dabei zusehen, wie die Familie, die ich immer haben wollte, ohne mich mit dem Kinderwagen um die Ecke verschwindet.

KAPITEL 8

Ich sitze im Luigi's und führe ein Gespräch mit meinem alten Chef. Es scheint eine Ewigkeit her zu sein, seit ich das letzte Mal hier war. Ich fühle mich fremd, dabei ist meine Arbeit mal wie mein Zuhause gewesen. Ich jobbte bis zu meinem Tod bei dem dicken Italiener in seiner Pizzeria in der Innenstadt.

„Wunder gibt es immer wieder", sagt Luigi und sieht mich an. Sein Schnauzbart ist weg. Er sieht gar nicht mehr wie mein alter Chef aus.

„Es tut mir leid, dass ich damals einfach verschwunden bin", halte ich die Lüge aufrecht.

„Wie viele Jahre sind vergangen? Acht – neun?"

„Sechs."

„Du hast dich kein Stück verändert. Als wäre die Zeit für dich stehengeblieben."

„Viel Sport und gesundes Essen", lüge ich.

„Glücklich wirkst du mir aber immer noch nicht."

„Man kann nicht alles kaufen."

Er schmunzelt und lehnt sich in seinem Drehstuhl zurück, der erschreckend knarrt.

„Warum sollte ich dich wieder einstellen, nachdem du ohne zu kündigen einfach von heute auf morgen verschwunden bist?"

„Weil Sie wissen, dass ich gute Arbeit leiste und hier nicht sitzen würde, würde ich es nicht ernst meinen. Außerdem tut es mir leid."

„Dein Selbstbewusstsein hat nicht gelitten", grinst mein alter Chef.

Ich erwidere das Grinsen, obwohl es in mir ganz anders aussieht. Ich zittere vor Angst, brauche ich doch unbedingt diesen Job. Ich kann nicht ewig für Mio und mich Essen klauen oder auf der Straße betteln.

„Wie sieht deine Zukunftsplanung aus, Milan? Was hast du die letzten sechs Jahre getrieben?"

„Ich habe meinen Bruder gefunden."

„Deinen Bruder?"

Ich nicke.

„Dass ich adoptiert bin, ist kein Geheimnis. Irgendwann wollte ich einfach wissen, zu wem ich gehöre und ich fand ihn."

„Hast du die letzten Jahre bei ihm gelebt?"

„Ja. Emilio wird bald zwanzig."

„Emilio?", wiederholt Luigi. „Ein Landsmann?"

„Unsere Mutter war Italienerin", lüge ich, da ich immer noch nicht genau weiß, wie ich mit Mio verwandt bin.

Luigi fährt sich über den Mund. Ich kenne die Geste noch von damals, als er einen Schnauzer hatte. Er zwirbelte immer an den Enden. Offenbar haben seine Hände die Routine nicht vergessen.

Plötzlich trifft mich sein ernster Blick.

„Einen Monat auf Probe. Aber auch nur, weil du den Job immer sehr gut gemacht hast und ich dringend jemanden suche. Wenn du jedoch wieder einfach abhaust, war es das. Zweimal verzeih ich dir nicht."

„Werde ich nicht", verspreche ich und fühle eine unglaubliche Erleichterung.

Mio wartet im Park auf mich. Er sitzt am Teich und starrt Löcher in die Luft. Ein kleiner Spatz pickt neben ihm im Gras. Als ich mich neben ihn setze, fliegt der Vogel weg und Mio erschrickt. Ich habe ihn aus der Entspannung gerissen.

„Wie lief's?", fragt er.

Ich halte meinen Daumen nach oben gestreckt und zünde mir eine Zigarette an. Mio strahlt. Er umarmt mich glücklich.

„Gratuliere!", ruft er.

„Wird Zeit, uns 'ne richtige Wohnung zu suchen."

Derzeit übernachten wir draußen. Es ist Sommer und warm. Aber bald wird es Herbst. Bis dahin müssen wir ein Dach über dem Kopf gefunden haben. – Aber alles zu seiner Zeit.

Erstmal strahlt mich Mio aus seinen treudoofen Augen an.

„Das müssen wir feiern", sagt er.

„Können wir. Mein Chef will dich kennenlernen und hat uns zu einer Pizza eingeladen."

„Pizza?"

Seine Glubscher funkeln. Ich weiß, dass er mehr auf Süßes steht, aber da unsere Mahlzeiten die letzten Wochen aus zusammengewürfelten Snacks bestanden, freut er sich riesig über das Angebot. Ich mich ebenfalls.

„Gut, dann komm mit. Wir können gleich starten.

Die Freude über die Pizza lässt Mio seine Schüchternheit vergessen. Es macht ihm nichts aus, als Luigi den Tisch mit uns teilt, während wir uns auf seine Kosten die Bäuche vollhauen dürfen. Ich hatte völlig vergessen, wie verdammt lecker die Pizzen hier sind. Ob Peter, unser alter Pizzabäcker, immer noch hier arbeitet?

„Ihr seid ausgehungert", stellt Luigi fest.

„Das ist so lecker", schmatzt Mio. „Ich glaub, ich hab noch nie so 'ne leckere Pizza gegessen."

Luigi lacht. Er lehnt sich im Stuhl zurück und verschränkt die Arme über dem dicken Bauch.

„Willst du nicht auch bei mir anfangen?", fragt er. „Ich könnte ein bisschen italienischen Flair in meinem Laden gebrauchen."

Mio will ablehnen, aber ich ergreife für ihn das Wort, schließlich können wir jeden Cent gebrauchen. Luigi nickt zufrieden.

„Dann fängt er auch auf Probe an. Wenn ihr euch gut anstellt, verzeihe ich dir dein Verhalten von damals, Milan."

„Wir werden Sie nicht enttäuschen."

Satt und zufrieden, ebenso mit einer guten Aussicht auf einen Job, verlassen wir am späten Abend die Pizzeria. Wir laufen in den Wald und gehen zur Blutmondlichtung. Der Weg ist lang und beschwerlich, aber nirgends fühlen wir uns so sicher wie an dem Baum der Ewigkeit. Heute ist Mio auf dem Rückweg allerdings sehr still.

Ich rauche genüsslich meine Zigarette, nachdem wir angekommen sind, während er sich schweigend gegen den Stamm lehnt. Sein Blick wandert zum Himmel.

„Hast du Angst?", frage ich.

„Warum hast du über mich hinweg entschieden? Ich hatte noch nie einen Job."

„Dann wird es Zeit, du verwöhnter Bengel."

„Ich weiß gar nicht, was ich tun muss."

„Freundlich lächeln, bisschen flirten und den Leuten ihr Essen an den Tisch bringen."

„Flirten?" Er wird rot.

Ich lache. „Ich bring's dir bei."

„Ich will das nicht können."

„Das ist egal. Du musst Geld verdienen. Das *Wie* zählt nicht."

Er seufzt traurig. Ich rücke zu ihm. Mio lehnt sich an. Er ist ein sehr kuschelbedürftiger Mensch. Ich musste mich daran gewöhnen.

„Wir brauchen die Kohle, damit wir eine Wohnung bezahlen können und ich Caro was geben kann."

„Sie will dein Geld doch nicht."

„Es ist nicht für sie."

„Ich frage mich immer noch, wie du als Toter ein Kind zeugen konntest. Raxia hat gesagt, dass würde nicht gehen."

„Über was ihr euch so in meiner Abwesenheit alles unterhalten habt." Ich grinse und pikse Mio in die Seite. Er weicht mir aus.

Wir legen uns auf die Decke, die ich aus einem Altkleidercontainer gefischt habe. Mio schmiegt sich an mich. Wäre er nicht sowas wie mein Bruder, würde ich das unangenehm finden, immerhin ist er ein Kerl – und schwul.

Aber ich weiß, wie schlecht er schläft, seit die meisten seiner Erinnerungen zurück sind. Warum sie wieder da sind, wissen nur die Götter.

Mir entweicht ein Gähnen. Mio schaut auf.

„Erzähl mir von damals", bettelt er, um mich wachzuhalten.

„Erzähl du doch von damals", fordere ich.

Er schüttelt den Kopf. „Nein. Gestern bist du dabei eingeschlafen."

„Ich bin müde."

„Milan, bitte."

Mir fallen die Augen zu. Die letzte Nacht war kurz und ich weiß, dass auch die nächste Nacht sehr wenig Schlaf für mich beinhalten wird.

Der Grund dafür holt mich viel zu rasch ein. Mios Heulen weckt mich. Er krallt sich an meinen Körper und verbirgt sein Gesicht an meiner Brust. Ich seufze genervt. Es ist schwer bei akutem Schlafmangel Verständnis für seine Albträume zu haben.

„Hattest du wieder einen?", frage ich verschlafen.

Mio nickt gequält. Ich lege meine Arme um ihn und warte, bis er sich beruhigt. Das dauert. Dummerweise fängt es zu regnen an. Wir stellen uns mit der Decke unter den Baum. Es blitzt und donnert. Mio zuckt zusammen.

„Du bist echt ein Weichei", seufze ich.

„Tut mir leid", sagt er deprimiert.

„Mir würde es schon reichen, mal wieder 'ne Nacht ohne deine Albträume durchschlafen zu können."

„Tut mir leid."

„Entschuldige dich nicht immer!" Ich geb ihm einen Schubs und Mio landet in der regendurchweichten Erde. Verärgert kommt er zurück.

„Du bist fies", schimpft er.

„Und du nervst."

Stille. Es donnert. Mio zittert. Ich seufze und nehme ihn in den Arm, weil er sich nach der letzten Aktion nicht getraut hat, sich an mich zu kuscheln.

„Sorry", sage ich.

Er nickt. „Ich kann jetzt zwar wieder lesen, aber auf alle anderen Erinnerungen hätte ich doch lieber verzichten sollen", sagt er traurig.

„Erzähl mir davon", fordere ich. „Erzähl mir endlich, was er dir angetan hat, damit ich dir helfen kann."

„Das will ich nicht sagen."

„Doch. Ich hab dein Schweigen lang genug akzeptiert."

„Vielleicht gehen wir doch besser schlafen."

„Raus mit der Sprache!"

„Aber du wirst mich verabscheuen", sagt er verzweifelt.

„Ich verabscheue dieses Monster, nicht dich. Außerdem weiß ich bereits von diesem alten Sack, der dich als Kind missbraucht hat."

„Mich hat kein alter Sack missbraucht."

„Ich hab es auf dem Video gesehen, das dieser Phantom-Schatten besaß. Du warst vielleicht zwölf oder so und er hat dich betatscht. Auf diesem Bett in dem hässlichen Schlafzimmer."

Mios Augen weiten sich. „Das war mein Nachbar."

„Du hast echt jede Scheiße mitgenommen, die es gibt."

„Er hat mich nicht missbraucht. Ich meine, er wollte – aber dann ist er tot umgefallen."

„Er ist tot umgefallen?"

„Ja. Sein Herz. Ich bin weggerannt und habe niemanden etwas erzählt. Ich hatte keine Ahnung, dass er das gefilmt hat. Ich erinnere mich nur an eine Kamera, mit der er mich fotografiert hat. Die ist jedoch wie meine Klamotten auf mysteriöse Art verschwunden."

„Du hast dich nie gefragt, wohin? Es ist doch kein Zufall, dass der Phantom-Schatten in Besitz der Aufzeichnungen war. Ich wette, die haben dich damals schon foltern wollen."

„Wahrscheinlich."

„Aber merkst du, dass ich dich nicht verachte? Jetzt erzähl mir endlich von Pirk. Ich will dir helfen."

Mio schüttelt den Kopf und schweigt. Beleidigt zeige ich ihm die kalte Schulter.

Das Unwetter hält weiter an. Mir wird kalt, weshalb ich gezwungen bin, meine Rolle als beleidigte Leberwurst viel zu schnell wieder aufzugeben und mich mit der Decke um unsere Schultern an ihn zu schmiegen. Ich atme tief durch.

„Versetz dich mal in meine Lage. Ich will dir helfen, weil ich mir Sorgen mache, aber du lässt mich nicht. Wie würde es dir an meiner Stelle gehen?"

„Nicht gut."

„Ich schwöre dir, dich nicht zu verurteilen. Bitte erzähl mir endlich von deinen Sorgen, damit die Albträume verschwinden und wir mal wieder eine Nacht durchschlafen können."

Stille. Ich rechne mit keiner Antwort, doch Mio fängt nach kurzer Zeit tatsächlich an zu erzählen.

„Ich war seine Puppe", sagt er schwerfällig.

„Seine Pu- ...?"

„Sprich es bitte nicht aus. Wenn ich dieses Wort höre, bin ich wieder in dem Keller."

„Was hat er mit dir dort gemacht?"

„Eingesperrt, geschlagen, gedemütigt, ..."

Mios Finger krallen sich in seine Arme. Er beißt sich auf die Lippe. Ich kann mir kaum vorstellen, was dieses Scheusal ihm alles angetan hat. Es muss die Hölle gewesen sein.

„Träumst du davon?", frage ich.

„Ja."

„Kann ich dir irgendwie helfen?"

Er schüttelt den Kopf.

Ich seufze.

Es wird Zeit für eine Zigarette. Mio beruhigt sich derweil wieder. Ich halte ihn im Arm und überlege, was ich tun kann, um ihm die Albträume zu ersparen. Aber mir kommt keine Idee.

Am nächsten Tag ist er sehr still. Ich mache mir Sorgen und biete ihm an, mich zum Spielplatz zu begleiten. Seit ich weiß das es Isabel gibt, beobachte ich meine Tochter heimlich, um Caros Bitte, mich aus ihrem Leben rauszuhalten, entgegenzukommen. Es ist nicht ideal und sehr weit von dem entfernt, was ich mir wünsche, aber allein das Wissen, Isabel auf die Art wenigstens sehen zu können, tröstet mich. Mio möchte jedoch nicht mitkommen.

„Bevor du Trübsal bläst, wäre es besser", bleibe ich hartnäckig.

Er schüttelt den Kopf. „Ich warte, bis du wieder da bist."

Seufzend muss ich seine Entscheidung akzeptieren und laufe zum Spielplatz in der Nähe von Caros Haus.

Ich bin früh dran und warte eine geschlagene Stunde, bis ich sie und Isabel entdecke. Mein Herz schlägt gleich höher. Isabel versucht ihre ersten Schritte. Sie übt das Laufen bereits seit ein paar Tagen, aber fällt immer wieder hin. Ich bin wahnsinnig stolz. Gerade krabbelt sie durch den Sand und buddelt, während Caro telefoniert. Es scheint ein ernstes Gespräch zu sein, denn Caro wirkt angespannt. Sie geht ein paar Schritte und wendet sich von unserer Tochter ab.

‚Vielleicht ihre Schreckschraube von Mutter', denke ich und bemerke, dass Isabel nicht mehr im Sand sitzt. Erschrocken suche ich mit den Augen die Umgebung ab. Mir bleibt fast das Herz stehen, als Isabel Richtung Straße watschelt. Ich verliere keine Zeit und renne zu ihr, um sie zu erwischen, bevor sie zwischen den parkenden Autos auf der Straße landet. Mit einem Hechtsprung bekomme ich sie zu fassen und verhindere das Schlimmste.

Isabel erschrickt und fängt an zu weinen. Sie schiebt mich weg. Caro eilt zu uns. Sie geht in die Knie und umarmt unsere Tochter, um sie zu trösten. Ich rapple mich auf. Mein Knie blutet, aber das merke ich vor lauter Adrenalin kaum.

„Milan, ich habe nicht aufgepasst. Wenn du nicht gewesen wärst- ...“

„Schon gut“, antworte ich und unterbreche ihren hektischen Redefluss.

Caro schüttelt den Kopf.

„Nichts ist gut. Verletzt bist du auch.“

„Halb so wild.“

„Komm, ich mach die Wunde mit einem Feuchttuch sauber.“

„Ach, Unsinn. Den Kratzer.“

„Hör auf zu diskutieren!“

Kurzerhand landen Isabel und ich auf der Bank beim Spielplatz. Während Caro mit dem Feuchttuch mein Knie abwischt, sitzt Isabel auf meinem Schoß und sieht mich an. Ihr Schreck von eben ist weg. Sie lächelt und sagt plötzlich „Baba“ zu mir.

Ich krieg Gänsehaut und Caro einen Schreck.

„Was hast du da gerade gesagt, Bellchen?“, fragt sie und wirkt wie erstarrt.

Isabel kichert. Sie wirft sich mir mit Schwung an den Hals und hüpft auf meinen Oberschenkeln.

„Baba da – Baba da“, freut sie sich.

„Hast du es ihr gesagt?“, frage ich Caro und versuche mit aller Macht meine Freudentränen zu unterdrücken.

„Nein, natürlich habe ich das nicht. Bellchen, was erzählst du denn da? Du weißt doch, wer dein Papa ist.“

Isabel ignoriert Caro und springt weiter auf mir herum, bis ihre Füße in meinem Schritt landen und ich sie unter Schmerzen wieder auf dem Boden absetze. Sie krabbelt zurück in den Sand.

Caro kommt neben mich auf die Bank.

„Ob Kinder so etwas spüren?", fragt sie, aber bevor ich antworten kann, taucht unerwartet ihr Mann beim Spielplatz auf. Er kommt gutgelaunt und im schicken Anzug zu uns gelaufen. Wie ich dieses Arschloch verabscheue.

Caro kriegt einen Schreck. Nervös geht sie Konstantin entgegen. Die beiden begrüßen sich mit einem Kuss. Mir reicht's. Ich stehe auf und will gehen.

„Moment – waren Sie nicht schon einmal bei uns zu Hause?", fragt mich Caros Mann.

„Kann sein", antworte ich knapp.

„Sind Sie nicht der Postbote, der nach dem Weg fragte?"

‚Ist der ein Elefant oder was?'

Bevor ich antworten kann, mischt sich Caro ein. „Wir kennen uns aus der Schule und haben uns zufällig heute getroffen."

Konstantin sieht mein Knie an. – „Hatten Sie einen Unfall?"

„Fahrradunfall. Gleichzeitig am Handy ein neues Lied umschalten und Radfahren ist 'ne blöde Idee."

Er sieht sich um. „Wo ist denn Ihr Fahrrad?"

„Schrott. Liegt weiter hinten." – ‚Ist der Detektiv?'

Das Verhör ist noch nicht vorbei.

„Darf ich Sie nach Hause bringen? Ich bin mit dem Auto da."

Er hält mir den Schlüssel seines Audis vor die Nase, damit die Demütigung perfekt ist und ich gleich weiß, dass er besser ist als ich.

„Ich laufe." Ich wende mich ab.

Isabel bemerkt, dass ich gehen will und kommt zu mir geeilt. Sie klammert sich an mein Bein.

„Nicht gehen, Baba", jammert sie.

Caro guckt so, als würde ihr das Herz stehen bleiben. Sie versucht Isabels Worte mit der Tatsache zu übertünchen, dass sie ganz allein vom Sandkasten bis zu mir gelaufen ist, aber so richtig hört ihr niemand zu. Der Lackaffe scheint in Gedanken zu sein. Er schweigt und bedenkt mich mit einem Blick, den ich nicht deuten kann. Fast glaube ich schon, er will mir eine verpassen. Aber falsch. Er geht zu Bellchen. Freundlich lächelnd kniet er sich hin und breitet seine Arme aus.

„Ich hab meinen Sonnenschein doch noch gar nicht begrüßt", sagt er und wartet, dass Isabel zu ihm kommt. Sie bleibt jedoch bei mir, was mich ungeheuer freut.

„Na, sag mal, du kleine Freche. Hast du einen neuen Freund gefunden?"

Isabel nickt.

„Was hältst du davon, wenn wir ihn heute zu uns zum Abendessen einladen?"

„Ja", willigt sie sofort ein und strahlt über das ganze Gesicht.

Ich freue mich überhaupt nicht und Caro kippt gleich um. Sie atmet hektisch.

„Wir-Wir können Milan doch nicht so überfallen, Schatz", gibt sie zu bedenken.

„Ein Gratis-Essen in familiärer Umgebung ist doch kein Überfall", behauptet Konstantin und richtet sich auf, um mich ansehen zu können. „Dürfen wir mit Ihnen rechnen?"

„Ich bin bereits mit meinem Bruder verabredet." Meine Ausrede stößt auf taube Ohren.

„Bringen Sie ihn doch mit. Umso mehr, desto lustiger. Oder gibt es vielleicht einen anderen Grund, warum Sie meine Einladung ausschlagen möchten?"

Am Abend stehe ich mit Mio vor Caros Haustür.

„Kein Wort über Caro und mich", zische ich Mio zu, bevor ich klingle und Konstantin die Tür öffnet.

„Kommt rein ihr beiden. Wenn es euch nichts ausmacht, können wir uns gern duzen. Das ist nicht so anstrengend", bietet er an und notgedrungen gehen wir darauf ein.

Drinnen halte ich nach meiner Tochter Ausschau, aber es bleibt keine Zeit. Konstantin möchte mit seinem Reichtum prahlen. Ich tu so, als wäre alles neu für mich. In der Garage endet die Hausbesichtigung. Er präsentiert uns seinen Audi und die Honda.

„Wo sind denn Caro und Bellchen?", fragt Mio nach dem Rundgang.

„Carolina füttert unsere Tochter und bringt sie anschließend zu Bett." Sorgsam wischt der Vogel einen Wasserfleck von der Motorhaube.

„Du nennst sie nicht beim Spitznamen?", frage ich verwirrt.

„Natürlich nicht. Sie ist meine Frau und ich rede sie nicht mit einem Rufnamen an, den sie irgendwann im Laufe ihrer Kindheit erhalten hat."

‚Was für ein Snob' – „Kann ich bei euch rauchen?"

„Nicht im Haus. Wenn, dann im Garten. Asch aber bitte nicht in die Tulpen. Sie sind zwar verblüht, aber ich habe sie extra von einem Züchter aus Amsterdam einfliegen lassen. Auf dem Beet steht ein Schild zur Orientierung."

„Schon klar", würge ich ihn ab und packe Mio. Wir stellen uns neben die Buchsbaumhecke, weit weg von dem kahlen Beet mit den kostbaren Tulpenzwiebeln.

„Der geht mir sowas von auf die Eier", flüstere ich und stecke mir eine an.

Mio nickt. „Er ist unsympathisch. Mit seinem Hab und Gut so zu prahlen ist wirklich übertrieben. Es wundert mich, dass eine nette Frau wie Caro bei so einem Schnösel gelandet ist. Was meinst du – schleichen wir uns weg und suchen sie, bevor Bellchen ins Bett geht?"

„Guter Plan."

Plötzlich raschelt es hinter uns. Konstantins Visage taucht zwischen den welkenden Kletterrosen auf.

„Das Essen ist fertig. Kommt ihr bitte rein?"

Genervt halte ich die Zigarette hoch. „Wenn die alle ist."

Er verschwindet.

Mio seufzt. „Ob er was gehört hat?"

„Ist doch egal. Ich hab nicht vor mich mit dem anzu-
freunden."

Caro hat Bellchen ins Bett gebracht. Ich habe sie nicht zu
Gesicht bekommen. Mein Zorn kennt keine Grenzen.
Miesgelaunt stopfe ich mir den bunten Salat rein.

„Du trainierst, oder Milan?", erkundigt sich Konstantin.

„Früher mal", antworte ich knapp.

„Da kann sich dein Brüderchen eine Scheibe abschneiden."

„Mio hat's mehr im Kopf als in den Armen."

„Den Muskel sollte man auch nicht vergessen zu trainieren",
sagt er und lacht als Einziger über seinen dummen Witz.

Genervt erhebe ich mich nach dem Essen und gebe an, auf
die Toilette zu wollen. Diese ist jedoch nicht mein Ziel. Ich suche
Bellchens Zimmer. Es befindet sich wie richtig vermutet oben.
Eine Sternschnuppe mit ihrem Namen hängt an der Tür. Das
weckt Erinnerungen.

Leise öffne ich die Tür. Drinnen ist es dunkel. Eine Spieluhr
dudelt und Sterne tanzen an der Decke. Sie kommen vom
Nachtlicht neben Bellchens Bett. Es ist alles rosa. Ich erkenne
eindeutig Caro im Einrichtungsstil wieder.

Ehrfürchtig schleiche ich mich auf Zehenspitzen an den
vielen Spielsachen vorbei.

‚Kein einziges hab ich ihr gekauft. Ich sollte mich echt was
schämen.'

Ich gehe zum Kinderbett und beobachte Bellchen beim
Schlafen. Sie sieht friedlich und zuckersüß aus. Ein rosa
Schnuller hängt halb in ihrem Mund. Neben ihr entdecke ich
das Papiereinhorn, das ich Caro gebastelt habe. Sie hat
Hörnchen tatsächlich aufgehoben. Ich bin gerührt.

Sanft streichle ich Bellchen über den Kopf. Es ist unfassbar,
wie sehr ich sie liebe, obwohl ich sie eigentlich gar nicht kenne.
Ich würde einfach alles für sie tun.

Plötzlich steht Caro hinter mir. Ich erschrecke, als sie mich
an Bellchens Bett erwischt.

„Tut mir leid", flüstere ich, um unsere Tochter nicht zu wecken.

Caro legt den Finger an die Lippen und erinnert mich an das Babyphone. Stumm greift sie meine Hand. Ich folge ihr. Wir huschen ins Bad. Es ist neben dem Kinderzimmer. Caro schließt ab.

„Ich wollte sie nicht wecken, ehrlich. Aber ich musste unbedingt ihr Zimmer sehen", rede ich mich um den Verstand.

Caro sagt nichts. Sie kommt auf mich zu und gibt mir unerwartet einen Kuss. Ich bin zwar verwirrt, aber erwidere ihn sofort. Als sie mir danach an die Wäsche will, verstehe ich die Welt nicht mehr.

„Was wird das, Caro?"

„Sei still", fordert sie und zieht mir die Hose runter.

„C-Caro – Ahhh, oh, Gott."

Prompt ist alles um mich herum vergessen.

Als wir fertig sind, rückt Caro ihr Kleid zurecht und kämmt sich durch die Haare. Ich rauche am Fenster und asche hoffentlich auf die blöden Tulpen.

„Ist das jetzt immer so? Wenn's bei euch schlecht läuft, schlafen wir zusammen und das war's?"

„Ich weiß nicht, was ich machen soll", seufzt sie, bevor sie einen Zug von der Zigarette nimmt und sich neben mich auf den zugedeckten Klodeckel setzt. Ich bin überrascht.

„Ich dachte, du hasst den Geruch von Zigaretten."

„Tu ich auch. Aber gerade bin ich völlig durch den Wind." Sie seufzt lauter. „Ich bin Konstantin dankbar, weil er trotz meiner Scheidungsabsicht nicht eine Sekunde gezögert hat, mir beizustehen. Meine Mutter vergöttert ihn, wie du ja weißt. Aber ich …" Sie lässt den Kopf hängen. „Seit ich dich wiedergesehen habe, muss ich ständig an dich denken. Immer, wenn ich in Isabels Augen sehe, frage ich mich, wie doof Konstantin sein kann. Er muss doch erkennen, dass sie ihm kein bisschen ähnlich sieht."

„Meinst du nicht, dass er Verdacht hegt? Warum hat er uns sonst eingeladen?"

„Er hat mich ziemlich gelöchert, als wir nach dem Spielplatz nach Hause gefahren sind. Ich habe ihm nichts von uns erzählt und unsere Beziehung als Jugendfreundschaft abgetan." Mich trifft ihr sorgenvoller Blick. „Was soll ich nur machen? Ich kann meiner Tochter nicht einfach das Zuhause wegnehmen, nur weil ich lieber bei dir sein will."

Ich nehme sie in den Arm.

„Bei uns hätte sie auch ein Zuhause", sage ich.

„Warum sind wir damals nicht zusammengekommen? Das hätte alles geändert, Milan."

Plötzlich klopft es an der Tür und Konstantins Stimme ist zu hören. Caro springt auf. Ich schicke sie in die Badewanne und ziehe den Vorhang zu. Danach drücke ich schnell die Spülung, wasche die Hände und öffne die Tür.

Konstantin wartet ungeduldig.

„Ich suche Carolina", sagt er und entdeckt die Zigarette in meinem Mund. In der Eile habe ich sie vergessen.

„Im Haus wird nicht geraucht", meckert er.

„Sorry. Macht der Gewohnheit. Wenn ich Sitzung hab, rauch ich immer. Zeigst du mir bitte nochmal den Ausgang, dann rauch ich draußen fertig."

Konstantin fällt alles aus dem Gesicht. Dass ich mich seiner Regel widersetze, scheint ihn sehr zu stören. Verärgert bringt er mich zum Hinterausgang.

KAPITEL 9

Im Oktober bekommen Mio und ich den erhofften Arbeitsvertrag von Luigi und mit dem Geld auch eine kleine Wohnung. Es hat lange gedauert, aber endlich können wir mit unserem zweiten Leben richtig beginnen. Einen Haken hat die Sache jedoch: Mio mag das Kellnern nicht. Er quält sich jeden Tag aufs Neue durch seine Schichten. Ich versuche ihn zu motivieren, aber das wird immer schwerer.

Auch heute Abend sieht man ihm nach dem Dienst seine Unlust extrem an, während er darauf wartet, dass ich mich im Pausenraum fertig umgezogen habe. Er selbst erledigt das zu Hause, weil es ihm peinlich ist, sich vor anderen auszuziehen.

„Warum müssen wir ein Hemd tragen?", nörgelt er zum x-ten Mal. „Ich hasse das."

„Das ist der Dresscode. Außerdem siehst du im Hemd erwachsener aus. Freu dich drüber."

„Ich freu mich nicht."

Genervt schließe ich meinen Spind und drehe mich zu ihm um. Er erhebt sich und wir verlassen *die blöde Pizzeria*, wie er zu sagen pflegt.

Draußen rauche ich und versuche das Thema zu wechseln, damit Mio den restlichen Abend nicht weiterhin so mufflig ist.

„Ich hab gesehen, wie dir die süße Blonde ihre Nummer zugesteckt hat. Wirst du sie anrufen?", frage ich.

„Nö."

„Gefiel sie dir nicht? Du hast doch gesagt, du bist bi."

„Sag das nicht so laut. Ich hab sie mir gar nicht angeschaut."

Verärgert gebe ich ihm einen Klaps gegen den Hinterkopf. Mio ist entsetzt.

„Was sollte das?", fragt er sauer.

„Such dir endlich mal was fürs Bett. Deine schlechte Laune ist nicht mehr zu ertragen."

Ich werfe ihm mein Handy zu. Es ist das billigste Modell, aber besser als gar kein Telefon.

„Ruf sie an", fordere ich streng.

„Ich denk nicht dran."

„Du wirst sie auf der Stelle anrufen."

Er streckt mir beleidigt die Zunge raus und wirft mir das Handy zurück. Während ich fange, rennt er los.

„Bleib stehen!"

„Nein!"

Mio ist in seinem Zimmer und hört Musik, als ich daheim ankomme. Ohne anzuklopfen gehe ich rein und drehe die Lautstärke runter. Erst jetzt bemerkt er mich.

„Ich ruf sie nicht an", motzt er sofort.

„Gefällt dir deine Hand besser?" Ich setze mich neben ihn aufs Bett. Beleidigt dreht er sich weg. Ich zünde mir eine Zigarette an und öffne das Fenster, damit er darüber nicht auch noch meckert. Kurz herrscht Schweigen, dann spreche ich die Sache an, die schon lange im Raum steht.

„Was lief zwischen Raxia und dir?"

Mio bleibt stumm.

„Wenn du nicht reden willst, tu ich es. Ich glaube, du bist über beide Ohren in sie verliebt und hast gewaltigen Liebeskummer, weshalb du so ein Stinktier bist."

„Nein", streitet er ab und schickt mich aus seinem Zimmer.

Die schlechte Stimmung zwischen uns bleibt, bis Mio sich reumütig am nächsten Morgen entschuldigt. Er verspricht nicht mehr so aufmüpfig zu sein. Daran kann ich ihn gleich heute Abend wieder erinnern.

Ich stehe nach der Schicht zu Hause in der Küche um zu Kochen. Caro kommt mich später besuchen. Sie kann über Nacht bleiben, weil Konstantin auf Geschäftsreise und Bellchen bei ihrer Oma untergebracht ist. Ich hätte Bellchen zwar lieber bei mir gehabt, aber ich füge mich Caros Entscheidung.

„Du musst die Kartoffeln abgießen, sonst zerkochen die", ruft Mio aus dem Wohnzimmer.

Ich wundere mich, dass er noch da ist. Ich hatte ihn gebeten sich mit der Blonden zu treffen, die ihm ihre Nummer gestern zugesteckt hat, damit ich sturmfrei habe. Nach seiner Rede heute Morgen hatte ich mit seiner Kooperation gerechnet.

„Warum bist du noch da?", frage ich und schütte das heiße Wasser ab.

„Ich setz mich dann einfach ins Treppenhaus, bis ihr fertig seid", antwortet Mio selbstverständlich und schürt meinen Zorn.

„Du spinnst wohl! Ich hab keinen Bock, dass du wie ein Wegelagerer im Haus rumlungerst."

„Wenn ich in meinem Zimmer bin, höre ich euch aber."

„Deswegen sollst du ja zu der Schnecke gehen, verdammt noch eins. Scheiße, ist das heiß!"

Zornig lasse ich den Topf in die Spüle fallen und lege den kalten Wischlappen auf meine Hand. Das Wasser hat gespritzt.

Mio kommt in die Küche, um mir zu helfen. Ich schnappe ihn und dränge ihn an die Wand, um seine Hose nach dem Zettel abzusuchen, auf dem die Nummer des Mädels steht.

„Was machst du da?", fragt er erschrocken und windet sich aus meinem Griff. Die Zeit hat mir gereicht. Ich hab den Zettel und nehme mein Handy, um sie anzurufen. Mio begreift schnell. Er will mich aufhalten. Ich wehre ihn ab.

„Du bist ruhig. Lass den Meister machen", sage ich arrogant.

„Nein! Milan! Hör auf! Ich will die nicht treffen!"

„Freizeichen. Sei lieber still, die geht gleich ran."

„Nein, hör auf!"

„*Hallo?*"

„Hi, ich bin's. Der Typ vom Luigi's", sage ich und Mio wird kreidebleich.

„*Ah, hi! Wie schön, dass du anrufst*", sagt sie.

„Ich hab Feierabend und grad Langeweile. Wollen wir uns vielleicht treffen?"

„Lass es sein. Ich geh da nicht hin", zischt Mio.

Ich schubs ihn weg. Zum Glück scheint sie ihn nicht gehört zu haben, denn sie stimmt dem Treffen zu.

„Ich wäre für einen Spaziergang durch den Park. Ist zwar ein bisschen frisch, aber uns wird bestimmt warm werden", schlage ich vor.

„Gern. Treffen wir uns dort in einer halben Stunde?"

„Geht klar."

Triumphierend beende ich den Anruf.

„Zieh dir von mir ein Hemd an, kämm dir die Haare und putz die Zähne. Zehn Minuten, dann bist du verschwunden, kleiner Bruder."

„Wie kannst du nur!", jammert er.

„Andere sagen danke."

„Du Arsch!"

Mio dreht sich beleidigt um und stürmt in sein Zimmer. Ich höre die Tür knallen und seufze. Leider vergesse ich immer wieder, dass er seine Pubertät nicht ausleben durfte. Das holt er scheinbar gerade nach.

‚Ob ich damals auch so war?', grüble ich, während ich den Herd abstelle.

Nach zehn Minuten schmeiße ich Mio aus der Wohnung. Er steht im Treppenflur, als wir uns verabschieden.

„Nicht vor Mitternacht", fordere ich und sehe in sein wütendes Gesicht.

„Das erste und letzte Mal", knurrt er.

„Warten wir es ab. Viel Spaß. Ach, und hier." Ich werfe ihm ein paar Kondome zu, die er notgedrungen auffängt.

„Aus Erfahrung rate ich dir: nicht ohne."

Mio wird knallrot. Ich schlage schnell die Wohnungstür zu, bevor er mir an die Gurgel springen kann.

Kurz danach kommt Caro. Sie hat sich in ein elegantes Tuch gehüllt, damit man sie nicht erkennt. Mich nervt die Geheimniskrämerei, jedoch habe ich Hoffnung, dass sie sich irgendwann komplett für mich entscheiden wird. Deswegen spiele ich das Versteckspiel mit.

„Warum liegen Kondome vor eurer Wohnungstür?", fragt sie nach der Begrüßung.

„Mio hat wohl Löcher in den Taschen."

„Was?"

„Nicht so wichtig."

Ich nehme sie in den Arm und gebe ihr einen langen Kuss. Das Tuch verrutscht. Ich staune nicht schlecht, als ich plötzlich blonde Haare unter dem Stoff durchschimmern sehe.

„Ich hab sie wieder umgefärbt, weil ich weiß, dass du mehr auf helle Haare stehst", erklärt sie und zieht ihre Jacke samt des Tuchs aus.

„Wird dein Mann nicht misstrauisch, wenn du plötzlich deinen Typ veränderst?"

„Ich hab ihm gesagt, die Farbe sei jetzt der letzte Schrei. Da hat er gern die Kreditkarte gezückt."

„Hm, er bezahlt und ich darf dich haben. Hat auch was."

Caro boxt mir verspielt gegen die Schulter.

„Hör jetzt auf damit. Ich will nicht an mein schlechtes Gewissen erinnert werden."

„Ich weiß wie ich dich ablenken kann."

Jetzt beginnt der schöne Teil.

KAPITEL 10

‚Milan ist so ein Idiot! Ich hasse ihn – Ich hasse ihn – Ich hasse ihn!' Wütend trete ich gegen das Straßenschild. ‚Aua! Mann!'

Deprimiert lasse ich meinen Kopf hängen. Ich will die blöde Kuh nicht treffen. Aber die allein im dunklen Park sitzenzulassen, wäre auch nicht in Ordnung. Geknickt laufe ich los und füge mich meinem Schicksal. Mit den Händen in der Bauchtasche des Hoodies schlürfe ich umher und lasse mir absichtlich Zeit.

‚Keine Ahnung, ob wir die Welt wirklich gerettet haben. Irgendwie ist sie noch genauso wie früher', geht es mir durch den Kopf, als ich den Park erreiche.

Ich bin hier eigentlich gern. Ich mag es, die Enten zu beobachten. Außerdem gibt es eine Wasserschildkröte. Ich liebe Schildkröten. Meine Freude ist immer groß, wenn sie sich mir zeigt. Jetzt freue ich mich allerdings nicht. Statt meiner geliebten Schildkröte steht diese blonde Frau aus der Pizzeria am Teich und winkt mir zu.

„Hallo", sagt sie freundlich und klimpert mit den aufgeklebten Wimpern.

‚Ob die das extra gemacht hat? Sieht voll doof aus.'

Ich begrüße sie. Gleichzeit geht mir durch den Kopf, dass ich die dumme Kuh am liebsten in den Teich schubsen und zurück nach Hause laufen würde.

„Verrätst du mir deinen Namen? Wir haben uns bis jetzt ja eigentlich noch gar nicht vorgestellt."

‚Mein Name steht doch auf dem Schild an dem dussligen Hemd. Ist die blind?' – „Emilio", sage ich.

„Ich bin Mareike. Wie alt bist du denn?"

„Zwanzig."

„Ich bin Achtzehn. Das passt doch."

Sie hakt sich ungefragt in meine Armbeuge ein. Ich fühle mein Herz klopfen. Nicht aus Erregung, sondern aus Angst. Zwar wird mir so ein zartes Mädel nicht körperlich gefährlich werden, aber schon allein die Dreistigkeit, mich einfach anzufassen, übersteigt meine Hemmschwelle.

„Komm, gehen wir ein Stück. Mir ist schon kalt und du wolltest mir doch ordentlich einheizen."

„Ach, wollte ich das?" - ‚Milan, am liebsten würde ich dich umbringen!'

Die Zeit fühlt sich an wie zähes Kaugummi. Mareike ist ein sehr langweiliger Mensch. Wir haben null Gemeinsamkeiten und von Fußball hat sie keine Ahnung. Wir schlendern bereits zu ihrer Wohnung. Ich habe nicht vor, auch nur einen Fuß hineinzusetzen. Ich verabschiede mich vor dem Haus.

Mareike lacht.

„Mach keine Witze", sagt sie und zerrt mich ins Treppenhaus.

„N-Nein, ich muss nach Hause."

„Unsinn. Komm mit rein. Ich glaube, mein Mitbewohner ist nicht da."

„Aber- …"

„Kein Aber. Es ist unhöflich einer Dame ihren Wunsch abzuschlagen." *Klimper klimper* mit den falschen Wimpern.

Resigniert folge ich in ihre Wohnung.

‚So viel zum Thema – *Ich bin dann mal weg.*'

Die WG ist total chaotisch. Ein absolutes No-Go für mich. Ich hasse Unordnung. ‚Wenn mein Papa das hier sehen würde, würde er sich im Grab umdrehen.'

Wir bahnen uns einen Weg durch die Müllberge ins Wohnzimmer. Dort sitzt ein junger Mann mit langen weißblonden Haaren auf dem Sofa und sieht fern. Er kommt mir sofort bekannt vor, aber ich weiß nicht, woher.

„Hä? Silas? Du bist ja doch da", sagt Mareike.

Er sieht vom Fernseher auf und streicht sich gelassen durch die glatten Haare. Seine braunen Augen schauen mich neugierig an.

„Wen hast du denn mitgebracht?"

„Mein Date", knurrt Mareike. „Ich dachte, du wärst im Club."

„Hab heut keine Lust. Soll ich euch das Feld räumen?"

„Ja."

„N-Nein", antworte ich, weil ich glaube, dass Mareike in seiner Anwesenheit auf keine dummen Ideen kommen wird.

Ihrerseits stößt das auf Unverständnis.

„Umso mehr, desto lustiger, oder?", erkläre ich unbeholfen und schüre unbewusst ihren Zorn. Plötzlich schreit sie mich an, *Klatsch* – Sie gibt mir eine Ohrfeige. Geschockt halte ich mir die Wange.

„Du spinnst doch! Perversling!" Sie verlässt die Wohnung und knallt die Tür zu. Ich sehe ihr fassungslos hinterher.

‚Hat die mir wirklich gerade eine gescheuert?'

Silas seufzt. „Die hat echt 'ne Meise. Hättest dir 'ne andere aufgabeln sollen."

„Ich wollte eigentlich gar nicht hierher", sage ich.

„Hä? Und warum bist du dann hier?"

„Ich wollte sie nachts nicht allein nach Hause gehen lassen."

Silas sieht mich aus den schmalen Augen an, bevor er anfängt herzhaft zu lachen. Ich komme mir verarscht vor.

„Ich geh jetzt", antworte ich und ergreife die Flucht.

„Nein, halt", ruft er amüsiert, steht auf und versperrt mir schnellen Schrittes den Weg. Ich muss zu ihm aufsehen, weil er größer als ich ist. Auch trainierter. Er ähnelt Milan, aber deswegen kommt er mir nicht bekannt vor.

„Höfliche Typen in unserem Alter trifft man selten. Los, komm. Wir trinken einen und dann kannst du immer noch flüchten, okay?"

„Ich trinke nicht."

„Ich hab auch Limo da."

„Nein. Lass mich durch", beharre ich eisern.

Silas geht beiseite und hebt ergeben die Hände.

„Ich halte dich nicht auf", sagt er.

Hurtig nutze ich die Chance und renne nach draußen, damit ich endlich nach Hause gehen kann.

Milan und Caro sind in seinem Zimmer, als ich nach Hause komme. Sie bemerken mich nicht. Schnell verziehe ich mich nach einer heißen Dusche ins Bett. Ich bin müde, aber mit dem Schlafen klappt es nicht. Mir geht zu viel durch den Kopf. Umso genervter bin ich am nächsten Tag auf der Arbeit. Wie gern würde ich mit Milan tauschen und heute meinen freien Tag haben. Aber ich muss bis zum späten Nachmittag fremde Leute bedienen. Wie ich es hasse!

So oft ich kann, gehe ich zu Peter in die Küche, um mich mit ihm zu unterhalten und dem Kellnern zu entfliehen. Er ist wirklich nett und macht mir öfter frittierte Bananen mit Honig. Ein paar von ihnen esse ich noch auf dem Heimweg, den ich heute sehr kurz gestalte.

Nachdem die letzte Banane runtergeschluckt ist, fallen mir ein paar Typen ins Auge, die auf dem Sportplatz Fußballspielen. Sofort kribbelt es in meinen Beinen. Ich würde am liebsten hingehen und mitmachen, aber ich traue mich nicht. Es bleibt beim Beobachten, bis auf einmal der Ball in meine Richtung kommt. Instinktiv nehme ich ihn an und trete ihn zurück. Bevor ich schnalle, was ich gemacht habe, reagiert einer von den Spielern. Er winkt mir zu und bedankt sich. Ich hebe schüchtern die Hand.

„Moment, kenn ich dich nicht?", ruft der Kerl und kommt zu mir. Jetzt erkenne ich ihn auch. Es ist Silas, Mareikes Mitbewohner, vor dem ich gestern geflüchtet bin.

„Du hast einen harten Schuss drauf. Genau wie früher", sagt er. Ich stutze. Verlegen greift sich Silas an den Hinterkopf.

„Ich hab dich letztens nicht erkannt, Mio. Tut mir leid. Echt peinlich, nachdem, was wir hatten. Aber dir gings ja auch nicht anders."

„Äh... Ich kann dich immer noch nicht zuordnen", antworte ich nervös und frage mich, *was* genau wir zusammen angeblich gehabt haben sollen.

Silas' Freunde werden unruhig. Sie rufen über das Feld, dass er zurückkommen soll. Silas winkt ab.

„Gehen wir ein Stück?", fragt er und sieht mich hoffnungsvoll an.

Überrumpelt stimme ich zu.

Silas kommt während wir spazieren schnell auf den Punkt.

„Wir kennen uns aus der Schule. Ich war bei der Schülerzeitung und habe einen Artikel über den Fußballverein geschrieben. Ich habe dich interviewt, aber wahrscheinlich bin ich ein lausiger Reporter, sonst würdest du dich ja noch an mich erinnern. Der Sex schien ja auch nicht so toll gewesen zu sein."

Er lacht, während ich mich vor Schreck verschlucke. Silas klopft mir auf den Rücken.

„Ich nehms dir nicht krumm", sagt er und wechselt wie selbstverständlich das Thema. „Spielst du wieder? Dein Schuss eben war echt stark. Eddy hatte Mühe den Ball zu bekommen, obwohl du so weit weg standest."

„Ähm... nein... Ich spiele nicht mehr."

Er ist überrascht.

„Echt nicht? Was für eine Verschwendung. Du warst damals mit so viel Leidenschaft dabei."

„Naja ..."

Silas lächelt. „Was hältst du davon, wenn ich dich zur Feier unseres Wiedersehens einlade?"

„Äh ..."

Er schnappt sich meine Hand und zieht mich mit. Ehe ich mich versehe, befinden wir uns in einem Café und trinken eine Heiße Schokolade.

„Ich weiß, dass das damals dein Lieblingsgetränk war", sagt er. „Ich hoffe, das trifft noch zu."

„Ich glaube."

„Du glaubst?"

Ich schweige, weil es mir peinlich ist, dass ich ihn vergessen habe, obwohl wir offensichtlich eine Beziehung hatten. Scheinbar sind doch noch nicht alle Erinnerungen aus meiner Vergangenheit zurück.

Silas holt sein Handy aus der Tasche. „Gibst du mir deine Nummer?"

„Ich hab keine."

Sein Gesicht ist unbeschreiblich.

„Wie, du hast keine? Du kannst sagen, wenn du sie mir nicht geben willst."

„Ich hab kein Handy."

Er lehnt sich zurück. „Verarsch mich nicht."

„Nein, im Ernst. Ich hab kein Geld für sowas."

„Es gibt wirklich noch Menschen ohne Handy?"

„Ich bin der lebende Beweis."

„Wie krass. Sparst du auf irgendetwas?"

„Nein, ich verdiene nicht viel und muss Milan etwas zur Miete dazugeben. Was zu Essen brauchen wir auch und außerdem- …"

„*Milan*?", unterbricht er mich. „Wohnst du auch in einer WG?"

„Nein. Er ist mein- …"

„Dein Freund?"

„N-Nein, mein Bruder."

„Seit wann hast du einen Bruder?"

„Äh … schon immer. Er hat nur im Ausland gelebt."

„Davon erzählst du mir zum ersten Mal. Aber Hauptsache keinen Freund. Ich hatte gerade schon Angst bekommen."

„Wieso?", frage ich verwirrt.

Er schweigt, dann wechselt er plötzlich das Thema.

„Hast du heute noch etwas vor?"

Überfordert verneine ich. Silas lächelt und ruft die Kellnerin zum Kassieren.

„Ich will dir etwas zeigen, Mio."

Auf weitere Erklärungen warte ich vergebens.

Ich weiß nicht, warum ich seinen Vorschlag, noch eine Runde durch die Stadt zu drehen, angenommen habe. Eigentlich bin ich müde und will nach Hause. Aber irgendwie macht es mir Spaß, mich mit ihm zu unterhalten. Ich muss in seiner Gegenwart nicht eine Sekunde an meine Probleme denken. Das ist komisch, weil ich *immer* an meine Probleme denke.

Irgendwann landen wir im Park. Es ist schon dunkel und ziemlich kalt geworden. Ich muss bald nach Hause. Milan macht sich bestimmt schon Sorgen.

„Warte, ich muss dir noch etwas zeigen. Vielleicht ist sie da", sagt Silas und schleicht sich geheimnistuerisch an den Teich. Ich folge und vermute, dass er mir die Schildkröte zeigen will, die ich auch so gern beobachte.

Er leuchtet mit seinem Handy auf die Seerosenblätter.

„Das ist zu kalt für sie", erkläre ich und hole mir seine Aufmerksamkeit zurück.

„Sag jetzt nicht, du kennst sie."

Ich nicke und frage, ob er auch Schildkröten mag.

Silas seufzt.

„Ich wollte dich überraschen. Schildkröten sind doch deine Lieblingstiere."

„Das weißt du?"

„Ja, du hast es mal erwähnt."

Ich bin erstaunt, dass er sich das gemerkt hat, jedoch bleibt nicht viel Zeit für Bewunderung. Silas fragt, ob wir uns noch etwas an den Teich setzen und reden wollen.

„Mein Bruder macht sich bestimmt schon Sorgen, weil ich noch nicht zu Hause bin."

Silas drückt mir sein Handy in die Hand.

„Wenn du seine Nummer kennst, ruf ihn an."

„Darf ich?"

„Klar. Oder hat er auch kein Handy?"

Ich schmunzle, schüttle den Kopf und tippe Milans Nummer ein. Ein Glück, dass ich sie auswendig kann. Silas wartet geduldig, bis ich fertig bin. Danach setzen wir uns auf die großen Steine, die um den Teich verteilt liegen.

„Ziemlich kalt", stelle ich fest.

„Aber die Plastikbänke sind nass."

„Ich überleb das schon."

Silas lacht und wir schwelgen noch etwas in Erinnerungen, bis das Gespräch auf Nele fällt. Ein Glück, dass ich mich an sie wieder erinnern kann.

„Sie war damals deine Alibifreundin", sagt Silas.

„Das war ziemlich fies von mir."

„Und diese Mia? Ist aus euch was geworden?"

Das war die falsche Frage. Silas scheint mir trotz der vorherrschenden Dunkelheit anzusehen, dass mich das Thema traurig macht. Schnell entschuldigt er sich.

Ich schüttle den Kopf. „Nein, schon gut. Wir waren Freunde."

„Sorry. Ich hätte nicht nachfragen sollen", wiederholt er.

Ich zwinge mich zu einem Lächeln, weil ich die Stimmung nicht kaputtmachen will.

„Erzähl doch etwas von dir. Bisher war nur ich Thema", lenke ich ab.

Silas geht darauf ein und die traurige Atmosphäre von eben verfliegt - ebenso wie die Zeit.

Irgendwann sieht er auf sein Handy.

„Schon 22:00 Uhr. Wollen wir irgendwo Abendessen gehen?"

Ich lache.

„Du bekommst ja gar nicht genug."

„Ich freu mich einfach, dich getroffen zu haben."

„Mit dir rede ich auch wesentlich lieber als mit deiner Mitbewohnerin", erwidere ich und sehe, wie Silas die Augen verdreht.

„Die schleppt jeden Abend einen anderen Typen an und räumt ihren Dreck nie weg. Ich werde mir bald eine eigene Bude suchen."

„Sowas hab ich mir schon gedacht. Wir hatten keinerlei Gemeinsamkeiten und trotzdem hat sie mich in eure Wohnung eingeladen."

„Man hat dir angesehen, dass du keinen Bock auf sie hast."

Ein kalter Windhauch beendet unser Gespräch. Silas lädt mich noch auf einen Burger ein, danach will ich nach Hause.

„Darf ich dich bringen?", fragt er.

„Glaubst du, ich verlauf mich?"

Er grinst und schüttelt den Kopf.

„Ich würde gern wissen, wo du wohnst, wenn du schon kein Handy hast."

„Du hast doch jetzt Milans Nummer."

Silas bleibt bei seinem Wunsch. Ich gebe nach. Als Dankeschön für das Abendessen lasse ich mich von ihm bis vor die Haustür begleiten.

„Hier wohne ich. Wenn du willst, kannst du gern mal ins Luigi's kommen. Ich bekomme Personalrabatt und würde mich gern revanchieren."

„Du bist doch aber knapp bei Kasse."

„Dafür reicht's grad noch so."

Silas nimmt die Einladung an. Wir verabschieden uns, doch bevor ich durch die Tür gehen kann, greift er meine Hand. Verwirrt halte ich inne. Er kommt einen Schritt auf mich zu. Wir sehen uns in die Augen.

„Ist noch was?", frage ich.

„Ja."

„Ähm … und was?"

„Das."

Er schließt die Augen und gibt mir einen Kuss. Danach wartet er meine Reaktion ab. Die fällt gering aus, da ich ziemlich überrascht bin und gar nichts sagen kann.

„Das damals lief irgendwie schief. Ich würde es gerne nochmal versuchen, Mio. Du scheinst jetzt selbstbewusster als früher zu sein."

Ich weiß nicht, was ich sagen soll. In meinem Bauch kribbelt es. Der Kuss mit Silas kam mir bekannt vor. Dennoch fehlt mir der Mut, die Sache zu vertiefen. Ich flüchte ins Haus, ohne ihm zu antworten. Der Feigling in mir hat gewonnen.

In der Nacht träume ich von Raxia. Wir sind zusammen in einem leeren Zimmer und halten uns nackt im Arm. In meinem Traum küssen wir uns. Ich fühle mich glücklich, bis ich meine Augen öffne und sie verschwunden ist.

Traurig richte ich den Blick zum Wecker. Ich habe noch eine halbe Stunde, dann muss ich aufstehen. Arbeiten muss ich heute jedoch nicht.

Milans Zeichnung, die er neben den Abwasch von gestern gelegt hat, erinnert mich an meinen freien Tag.

Wer frei hat, macht den Abwasch, steht auf dem Zettel mit einem witzigen Bild daneben.

Schmunzelnd lege ich die Notiz zu den anderen, die er bereits für mich gemalt hat. Ich sammle sie in meiner

Sockenschublade, weil es mir peinlich ist, würde er davon erfahren.

Danach erledige ich den Abwasch und mache es mir auf der Couch gemütlich. Ich sehe fern, damit ich meinen Traum vergesse, aber irgendwie kommen nur Liebesschnulzen.

Ich gehe an die frische Luft. Es regnet. Genervt setze ich die Kapuze auf und ziehe sie mir tief ins Gesicht. Mein Blick haftet auf dem Boden, weshalb ich nicht bemerke, dass mir jemand entgegenkommt. Ich remple ihn an. Erschrocken will ich mich entschuldigen, doch mir bleibt das Wort im Hals stecken, als ich Silas erkenne.

Er lächelt mich an.

„Wohin so eilig?", fragt er, als hätte es den Kuss und meine Flucht danach nie gegeben.

„I-Ich wollte nur bisschen raus."

„Hast du frei?"

Ich nicke.

„Das trifft sich gut. Ich habe auch frei. Wollen wir zusammen was machen?"

„Bist du mir gar nicht böse?", frage ich vorsichtig.

„Warum sollte ich böse sein?"

„Weil ich dir nicht geantwortet habe."

Er winkt ab. „Mach dich deswegen nicht verrückt. Es ist okay, wenn du dir noch nicht sicher bist. Ich war ja auch ein bisschen vorschnell, immerhin haben wir uns nach all den Jahren gerade erst wieder getroffen."

Mir ist es unangenehm, Silas' Wunsch auszuschlagen, deswegen gehen wir spazieren, bis der Regen so stark wird, dass wir Schutz in einem Bushäuschen suchen.

„Ist das kalt", bibbere ich und hauche mir in die Hände. Silas zieht mich in seine Arme.

„In deiner Mannschaft gab es noch einen Spieler. Ich erinnere mich nicht mehr an seinen Namen, aber ich weiß, dass er der Grund war, weshalb du mit dem Fußball aufgehört hast", erklärt er und lockert die Umarmung, damit er mich ansehen kann. „Ich hatte damals schon Interesse an dir, wie du weißt. Während meiner Zeit in Stuttgart konnte ich dich nicht vergessen. Deswegen bin ich zurück nach Kittlitz gekommen, wo ich erfahren musste, dass du nach Amerika gezogen bist. Ich war am Boden zerstört. Irgendwie hat es mich dann hier her verschlagen und wie durch ein Wunder sind wir uns wieder begegnet. Das scheint Schicksal zu sein."

„Ich weiß nicht, was ich sagen soll", antworte ich und sehe ihn entschuldigend an.

„Sei einfach ehrlich. Hast du jemanden?"

„Nein, aber-..."

„Aber?"

„Nichts."

„Du sollst ehrlich sein", ermahnt er mich und löst die Umarmung.

„Bist du in jemand anderen verliebt?"

„Nein, ich- ..."

„Raus mit der Sprache."

„Es gibt da jemanden, aber es ist unmöglich", antworte ich kleinlaut.

Silas nickt.

„Dein Bruder?", fragt er und jagt mir einen Schauder über den Rücken.

„Nein! Wie kommst du darauf?"

„Ich dachte, weil du sagtest, es sei unmöglich."

„Nein!"

„Ist ja gut", lacht er und lockert die angespannte Stimmung.

Ich seufze. „Sie ist nicht mehr da, deswegen ist es unmöglich."

„Ist sie gestorben?"

„Nein – nicht direkt."

„Koma?"

„Nein! Jetzt hör auf, mir Löcher in den Bauch zu fragen."

Silas nimmt mich wieder in den Arm.

„Ich habe eine Idee. Wir treffen uns weiter und ich versuche dich sie vergessen zu lassen. Was hältst du davon?"

„Es wäre schön, wenn ich endlich damit abschließen könnte."

„Dann haben wir einen Deal."

Skeptisch sehe ich ihn an. Er ist hochmotiviert. Ich glaube jedoch nicht, Raxia vergessen zu können – eigentlich will ich das auch nicht. Aber es wäre schön, wegen ihr nicht mehr traurig sein zu müssen.

Ich nehme seinen Vorschlag an.

Milan erfährt jedoch nichts von Silas, weil es mir peinlich ist, mich mit einem Mann zu treffen. Alles geschieht heimlich, wenn ich nachmittags Feierabend oder meinen freien Tag habe. Wir sehen uns, reden über Gott und die Welt – Silas schafft es immer, mich zum Lachen zu bringen. Er ist wie Medizin. Ich bin sehr glücklich, mich auf ihn eingelassen zu haben, auch wenn Raxia nach wie vor in meinem Kopf präsent ist.

„Jetzt spielen wir Wahrheit oder Pflicht", legt Silas fest und holt sich meine Aufmerksamkeit.

Wir sitzen im Park auf der Bank und haben zusammen die Enten beobachtet, denen das kalte Teichwasser nichts ausmacht.

„Das ist ein doofes Spiel", meckere ich, aber Silas bleibt bei seiner Forderung.

„Du darfst anfangen", bietet er an.

Ich seufze.

„Na gut. Wahrheit", gebe ich mich geschlagen und sehe in sein grinsendes Gesicht, während er mir seine Frage stellt.

„Mit wie vielen Männern warst du außer mir im Bett?"

„Andere Frage!"

„Komm, spiel mit."

„Eine andere, oder ich steige aus."

„Bist du streng", sagt er, aber akzeptiert meine Grenze.

„Wir machen es anders. Du fängst an und stellst mir eine Frage. Ich nehme auch die Wahrheit."

„Wenn's sein muss ... Was machst du, wenn du allein bist?"

„Mich nach dir sehnen."

„Nicht sowas Peinliches."

„Es ist aber wahr", lacht er und haucht mir einen Kuss auf die Wange, bevor wir von einer Frau abgelenkt werden, die neben uns stehen geblieben ist. Mich trifft bald der Schlag, als ich sie erkenne.

Caro beobachtet uns mit großen Augen.

„Mio, was machst du denn hier?", fragt sie.

Ich höre, wie mein Herz laut pocht.

‚Was soll ich denn jetzt antworten?', denke ich aufgeregt, aber Silas nimmt mir die Entscheidung ab. Er steht auf und reicht Caro freundlich die Hand.

„Silas Schwarz", stellt er sich vor. „Ich bin ein Freund von Mio."

Caro macht große Augen und wirkt verlegen. Sie nimmt seine Hand und nennt ihren eigenen Namen, bevor sie mich erneut fragend ansieht.

„Wir kennen uns von früher", antworte ich zögerlich. Caro lächelt mich glücklich an. Sie drückt mehrmals ihre Freude darüber aus, dass wir uns nach all der Zeit wiedergefunden haben, bevor sie ihren Weg fortsetzt.

Ich lasse niedergeschlagen den Kopf hängen.

„Alles okay?", fragt Silas.

„Sie wird es Milan sagen."

„Und?"

„Du bist ein Geheimnis", antworte ich beschämt.

Silas schweigt und nimmt meine Hand.

„Komm mit", sagt er und wir verlassen den Park.

Ich erkenne das Haus, zu dem ich Mareike nach dem miesen Date gebracht habe.

„Was wollen wir bei dir?"

„Was wohl? Wir setzen unser Spiel fort."

Wir gehen in sein Zimmer. Im Vergleich zum Rest der Wohnung ist es hier gemütlich. Erleichtert atme ich aus und setze mich zu Silas auf sein Bett.

„Wahrheit oder Pflicht?", fragt er.

Ich verziehe das Gesicht.

„Müssen wir wirklich weiterspielen?"

„Wir können auch gern etwas anderes machen."

„Ja, bitte."

„Okay. Ich weiß auch schon was."

„Hoffentlich besser als dein letzter Vorschlag."

„Aber sicher."

Silas rückt heran und küsst mich. Ich erwidere den Kuss zaghaft und sehe ihn danach unsicher an. Er lächelt. Seine Finger streichen mir über die Wange, bevor er mich erneut küsst. Ich fühle ein Kribbeln im Bauch. Es ist nichts im Vergleich zu dem, was ich empfand, als ich während der Hypnose Raxia küsste. Trotzdem ist es aufregend. Zumindest bis zu dem Moment, in dem mich Silas auf sein Bett drückt und sich auf mich legt. Meine Alarmglocken gehen an und ich unterbreche den Kuss.

„Willst du nicht?", fragt er ungeniert, während ich merke, dass mir die Röte ins Gesicht steigt.

Er rutscht neben mich, sodass ich mich hinsetzen kann. Mein Herz schlägt bis zum Hals. Pirk ist in meinem Kopf und mit ihm seine Foltermethoden.

„Alles okay, Mio?"

„J-Ja", antworte ich mit trockener Stimme.

Er nimmt mich in den Arm. Ich schiebe ihn weg.

„War ich zu stürmisch? Tut mir leid."

Ich schüttle den Kopf.

„Nein, ich … Ich hab mich an etwas erinnert."

„An was Schlechtes?"

„Ja."

Es herrscht Schweigen und das schlechte Gefühl in meinem Magen wächst. Am liebsten würde ich gehen, aber ich will Silas nicht vor den Kopf stoßen.

„Hast du auch Durst? Ich hole uns was zu trinken", sagt er in die Stille hinein und verlässt kurz das Zimmer, um mit Alkohol zurückzukommen.

„Ich hab noch nie getrunken."

„Du bist doch volljährig, oder?"

„Äh, ja."

„Dann ist das überfällig."

Er drückt mir das gefüllte Glas in die Hand. Er selbst nimmt sich auch eins. In einem Zug ist seines leer. Ich brauche länger und fühle ein warmes Brodeln im Bauch.

Silas schenkt eine zweite Runde aus – und eine dritte …

Ich bin betrunken, als ich am Abend zu Hause ankomme. Nach mehreren vergeblichen Versuchen die Tür aufzuschließen, kommt Milan. Er öffnet. Ich falle ihm entgegen.

„Das Schlüsselloch ist weg", lalle ich. „Alles dreht sich."

„Was ist denn mit dir passiert?"

„Nix."

„Du bist dicht", lacht er und hilft mir auf. Ich taumle gegen die Wand und merke, wie mir schlecht wird.

„Ich muss schlafen", erkläre ich.

„Warte, ich bring dich."

„Danke."

Milan schafft mich ins Bett, öffnet das Fenster und zieht eines meiner Beine unter der Decke hervor.

„Ey! Nicht anfassen", meckere ich.

„Lass das raushängen. Das hilft. Ich hol dir noch Wasser und einen Eimer."

„Ich will nicht baden."

„Ich freu mich schon auf deinen Kater morgen", witzelt er und verlässt mein Zimmer. Ich bekomme kaum mit, wie er zurückkommt, um mir besagte Sachen zu bringen. Ehe ich mich versehe, bin ich eingeschlafen und das Schwindelgefühl ist verschwunden.

In dieser Nacht träume ich schlecht. Ich wache schweißgebadet auf und fühle Pirks Hände überall an meinem Körper. Mir wird so schlecht, dass ich mich übergebe. Danach bin ich stocknüchtern. Ich lege mich wieder hin, aber kann nicht mehr einschlafen.

Am nächsten Morgen plagen mich Kopfschmerzen. Milan amüsiert sich und will unbedingt wissen, mit wem ich getrunken habe.

„Hast du endlich ein interessantes Mädel kennengelernt?"

‚Caro hat ihm wohl noch nichts gesagt', geht es mir durch den Sinn, bevor ich ihm schweren Herzens selbst von Silas erzähle.

Milan wirkt enttäuscht.

„Und ich dachte schon, du hast endlich eine gefunden. Na, auch egal. In letzter Zeit ist deine Laune wieder besser, also will ich mich nicht beklagen." Er klopft mir auf die Schulter. „Freut mich, dass du jetzt einen Kumpel hast. Aber sauf das nächste Mal nicht so viel."

‚Er ist nicht nur ein Kumpel', denke ich traurig.

Nach Feierabend gehe ich zu Silas. Ich habe während der Schicht intensiv überlegt, ob es sinnvoll ist, mich weiter mit ihm zu treffen. Meine Entscheidung fiel für ihn aus. Ich möchte nicht wieder in mein Schneckenhaus zurück und mich Pirks Folter ergeben. Ich will mich meiner Angst stellen, so schwer das auch ist.

Mareike öffnet mir die Tür. Sie erkennt mich nicht gleich und ist umso verwirrter, als sie sich erinnert.

„Was willst du hier?", fragt sie.

„Ist Silas da?"

„Seit wann seid ihr befreundet?"

„Darf ich zu ihm?"

„Tu dir keinen Zwang an", meint sie und lässt mich durch.

Ich klopfe an seine Tür.

„Ja?"

Tief durchatmen.

„Mio?", fragt er überrascht. „Was machst du hier?"

„Wahrheit oder Pflicht", sage ich.

Er ist verwirrt.

„Ich dachte, du magst das Spiel nicht?"

„Entscheide dich."

Zögernd spielt Silas mit. „Pflicht."

Ich schlucke stark und setze mich zu ihm aufs Bett.

„Schlaf mit mir", presse ich raus.

Er bekommt große Augen.

„Bist du dir sicher?"

Er sieht mich prüfend an, bevor er einverstanden ist. Er schließt seine Tür ab, kommt neben mich und wir küssen uns. Ich fühle seine Zunge in meinem Mund und bin nervös. So gut ich kann, lasse ich mich auf Silas ein, doch als er auf mir liegt, sehe ich Pirk erneut vor meinem inneren Auge.

Mein Körper fühlt sich wie Blei an.

„Alles okay?", fragt Silas.

„Mach bitte weiter."

Er nickt und küsst mich am Hals. Seine Berührungen fühlen sich gut an, aber ich empfinde immer noch Angst. Ich versuche mich abzulenken. Irgendwann bilde ich mir einen Schatten ein, der hinter Silas im Zimmer steht. Er hat Pirks Augen. Mir läuft es eiskalt den Rücken runter.

„Hör auf!", schreie ich und winde mich verzweifelt unter ihm hervor.

„Was hast du auf einmal?"

Ich bleibe ihm die Antwort schuldig. So schnell ich kann, entriegle ich die Tür und fliehe aus der Wohnung.

Zu Hause verkrieche ich mich im Bett und heule. Ich fürchte, ich werde für immer seine Puppe sein.

Mit dem Wissen schaffe ich es nicht mehr, Silas ins Gesicht zu sehen. Unser Kontakt bricht ab und ich bin wieder so einsam wie zuvor.

Milan merkt die Veränderung. Wir streiten öfter und ich bin ständig schlecht drauf. Irgendwann eskaliert die Situation, weil er mich nach einem weiteren Albtraum zum Reden zwingen will.

„Mach doch, was du willst! Ich brauch dich nicht", schreit er in seiner Wut, weil ich mir nicht helfen lasse.

Mir kommen die Tränen. Streit hin oder her – der Satz war zu viel. Ich flüchte in mein Zimmer und vergrabe das Gesicht im Kopfkissen, damit er mich nicht heulen hört.

Irgendwann starre ich wie betäubt die Zimmerdecke an, bis mich Geräusche von der Straße ablenken. Wir wohnen nicht in der Innenstadt, dennoch ist auch nachts in unserem Viertel einiges los. Ich bin es gewohnt, dass ein paar Betrunkene Party auf dem Heimweg machen. Aber die Stimme, die ich gerade höre, klingt nicht nach Alkoholopfer.

Erschöpft linse ich aus dem Fenster über meinem Bett. Ich entdecke jemanden. Die Person starrt zu mir hinauf.

‚Kann der mich sehen? Nein, das Licht ist aus.'

Mir wird gewunken. Ich bekomme Herzrasen. Erschrocken ducke ich mich. ‚Hat der mich doch gesehen?'

Schnell verkrieche ich mich unter der Bettdecke und schließe die Augen. Mir ist kalt. Ich bin durcheinander. Plötzlich fühle ich Hände an meinen Beinen. Mir bleibt vor Schreck das Herz stehen. Ich schreie und springe auf. Da steht er auf einmal vor mir. Ein schwarzer Schatten mit stahlblauen Augen, die mich anfunkeln. Pirk.

Seine Klauen packen mich. Er reißt mich zu Boden und nimmt mir die Luft. Ich habe wahnsinnige Angst. Verzweifelt versuche ich mich gegen seine Finger um meinen Hals zu wehren, aber er drückt immer fester zu. Ich krieg keine Luft mehr.

„Puppe", ertönt seine Stimme mit einem Echo in meinem Schädel.

Seine Klauen bohren sich in meine Brust. Es ist die Hölle.

Ich wache auf. Schweißgebadet liege ich auf dem Boden meines Zimmers und starre direkt in die Sonne, die durch das Fenster scheint. Mein Atem geht hektisch. Ich fasse mir an den Hals, um sicher zu gehen, dass seine Hände weg sind. Plötzlich reißt Milan die Tür auf. Seine Haare sind nass und er hat nur ein Handtuch um die Hüften gewickelt.

„Scheiße, was hast du gemacht?!", schreit er und packt mich an den Schultern.

Erst jetzt fällt mir auf, dass ich voller Blut bin. Es scheint überall zu sein.

- Ende Emilio's Sicht

Ich sinke auf dem Stuhl in der Notaufnahme zusammen und vergrabe mein Gesicht hinter den gefalteten Händen. Meine Augen sind geschlossen. Mios Blut klebt an meinen Klamotten.

‚Warum? Warum macht er das? Ich verstehe es nicht.'

Mein Handy klingelt. Caro. Wir waren für heute Mittag verabredet, weil ihr Mann einen Termin hat. Ich wollte sie und Bellchen vor meiner Schicht besuchen. Daraus wird nichts.

„Er hat was?", fragt sie geschockt.

„Ich will's nicht wiederholen."

„Oh mein Gott. Milan… Ich komm vorbei."

„Nein."

„Aber- …"

„Nein."

Stille. Dann seufzt sie.

„Ruf mich bitte an, wenn du mich brauchst, okay?"

„Ja."

„Ich geb Bellchen einen Kuss von dir."

„Danke."

„Ich liebe dich."

Sie legt auf. Ich schiebe das Handy in meine Hosentasche und sehe das getrocknete Blut. Das erinnert mich an damals, als ich ihn an diesem verdammten Baum hängen sah.

Eine Stunde später darf ich zu ihm. Sie haben ihn unter Beruhigungsmittel gestellt, weil er sich gegen die Behandlung gewehrt hat. Als ich Mio in dem Krankenhausbett mit dem Schlauch im dünnen Arm und den Verbänden um seinen Körper sehe, würde ich ihn am liebsten ein zweites Mal erwürgen. Ich bin so wütend, weil er sich so klammheimlich verpissen wollte, dass ich heulen könnte.

Ich ziehe mir einen Stuhl ran. Die Beine schaben über den Boden. Das macht Krach, aber ist egal. Mios Augen wandern langsam in meine Richtung. Ich weiche ihm aus, sitze da und starre die weiße Wand gegenüber seinem Bett an. Wir schweigen. Ich habe keine Ahnung, was ich zu ihm sagen will. Am liebsten würde ich ihn anschreien.

Plötzlich fühle ich seine kalten Finger an meiner Hand. Unsere Augen treffen sich. Er weint und schüttelt den Kopf. Sein Anblick setzt mir zu. Ich halte das nicht aus.

„Ich bin eine rauchen", sage ich und gehe.

Es wird eine lange Zigarette.

Ich laufe nach Hause, um die Blutreste vom Boden zu wischen. Mir geht dabei alles Mögliche durch den Kopf, doch am Ende überwiegt die Verlustangst. Ich umklammere den Wischlappen, mit dem ich Mios Blut aufschrubbe. Es schwimmt in einer Pfütze auf dem Laminat. Ich habe die Flecken eingeweicht, weil sie so schwer abgehen. Zu dem Wischwasser mischen sich meine Tränen. Ich schluchze lautstark und fühle, wie sich meine Brust schmerzhaft zusammenkrampft. Es tut furchtbar weh. Schon der Gedanke, er würde nicht mehr da sein, bringt mich um. Ich ertrage das nicht.

Am Abend gehe ich wieder ins Krankenhaus und bringe Mio ein paar Sachen vorbei. Feige bin ich versucht, sie einer Krankenschwester in die Hand zu drücken, weil ich Mios Anblick kein weiteres Mal ertragen will - aber ich finde keine. Gezwungenermaßen suche ich sein Zimmer auf.

Er schläft.

‚Bei dem Medikamentencocktail kein Wunder', denke ich trübsinnig und stelle den Beutel mit den Klamotten ans Bett. Dann will ich gehen, doch ich höre ihn plötzlich schluchzen. Ich sehe ihn an. Er schläft und weint.

‚Wieder ein Albtraum.'

Ich setze mich auf den Stuhl von heute Mittag. Das schwache Licht der Laternen fällt in das Zimmer. Mio ist blass. Wahrscheinlich wegen des hohen Blutverlusts.

„Bitte nicht", wimmert er im Schlaf.

Seine Bewegungen werden unruhig. Ich halte seine Hand. Dabei fühle ich etwas. Es tut weh. Ich nehme meine Hand zurück. Der Schmerz hört auf.

,Was war das?'

Ich fasse ihn nochmal an. Das gleiche Gefühl. Eindeutig. Sobald ich Mio berühre, verändern sich meine Empfindungen. Warum? Kann er auch als Lebender Fähigkeiten seiner Energiegestalt anwenden?

„Was willst du mir sagen?", flüstere ich.

Plötzlich zuckt sein Körper. Ich weiche erschrocken zurück. Die Maschine, an die er angeschlossen ist, piept wie verrückt. Ich hole aufgeregt eine Schwester. Zum Glück finde ich diesmal eine. Als ich mit ihr zurück ins Krankenzimmer komme, liegt Mio ruhig in seinem Bett und schläft. Sie überprüft die Maschine und rät mir danach, schlafen zu gehen.

„Sie hatten einen anstrengenden Tag."

,Spinn ich? Der hatte doch gerade einen Anfall, oder habe ich mir das eingebildet?'

Als die Schwester das Krankenzimmer verlässt, berühre ich misstrauisch Mios Hand. Nichts. Kein Schmerz.

Ich seufze.

,Ich sollte wirklich schlafen gehen.'

Nach der Arbeit laufe ich wieder ins Krankenhaus. Ich habe Luigi nicht gesagt, dass Mio sich selbst verletzt hat, sondern log, er sei beim Fensterputzen von der Leiter gefallen und im Glastisch gelandet. Diese Art von Lügen kenne ich noch gut aus meiner Kindheit, wenn mein Alter Erklärungen für meine Verletzungen erfand, die ich von ihm hatte.

Mio ist wach, als ich sein Zimmer betrete. Er liegt schweigend im Bett und fängt an zu heulen, als er mich sieht. Im Vergleich zu gestern ist er heute allerdings gesprächiger. Wahrscheinlich haben sie die Medikamente reduziert.

„Ich war das nicht", sagt er. „Ich hab das nicht gemacht."

Die Ärzte erzählten mir bereits, dass er es wahrscheinlich abstreiten wird.

„Wie geht's dir?", weiche ich aus, aber Mio ist nicht dumm. Er will das Thema nicht wechseln.

„Ich hab ihn gesehen, Milan. Er war auf einmal in meinem Zimmer. Seine Klauen schlangen sich um mich. Er nahm mir die Luft und riss mir mein Herz raus. Ich hab geschrien."

„Hast du das heute geträumt?"

„Nein! Du musst mir glauben. Ich hab mir das nicht angetan."

Ich seufze.

„Hat der Arzt schon mit dir gesprochen?"

„Ja." Ein tiefer Schluchzer. „Der hat gesagt, ich soll zum Psychiater."

„Ich hab bereits welche ausgesucht."

„Nein! Ich geh da nicht hin! Ich hab das nicht gemacht!"

„Hör auf zu schreien, sonst bekommst du wieder eine Spritze."

„ICH WAR DAS NICHT!"

Er will aufstehen. Ich drücke Mio zurück ins Bett. Er hört nicht auf, seine Unschuld zu betonen. Durch seine Lautstärke lockt er das Krankenhauspersonal an. Sie halten ihn zu dritt fest und injizieren das Beruhigungsmittel. Ich soll solange aus dem Zimmer gehen.

Nervös rauche ich meine Zigarette. Meine Hände zittern. Ich wünschte, ich könnte die Bilder vergessen, die ich eben sehen musste. Das ist alles kein Spaß mehr. Mio braucht Hilfe.

‚Oder sagt er doch die Wahrheit?'

Ich weiß nicht mehr, was ich denken soll.

Nach einer Woche entlassen sie ihn. Die tiefen Schnittwunden in seinen Armen und der Brust sind recht gut verheilt. Er muss trotzdem noch Verbände tragen und Schmerzmittel schlucken. Auf Rat des Arztes habe ich alle spitzen und scharfen Gegenstände aus der Wohnung in meinem Schlafzimmer eingeschlossen. Mio muss mich um Erlaubnis bitten, wenn er 'ne Schere oder ein Messer braucht. Ein Glück, dass er ein fügsamer Mensch ist. Er rebelliert nicht gegen die neue Regel und nimmt sie kommentarlos als gegeben hin.

Ich finde trotzdem keine ruhige Minute mehr. Höre ich eine Weile keine Geräusche aus seinem Zimmer, muss ich nachsehen, weil ich fürchte, er könnte es wieder getan haben. Das schlaucht. Ich fühle mich verloren.

Um Kraft zu tanken, erzähle ich Raxia auf der Lichtung von meinen Sorgen. Ich erhalte keine Antwort von ihr. Trotzdem tut es gut, sich den Kummer von der Seele zu reden.

Daheim erwartet mich eine Überraschung. Vor unserem Haus steht ein weißblonder Typ, der zu Mio will.

„Darf ich erfahren, wer du bist?", frage ich misstrauisch.

Der große Kerl lächelt.

„Silas Schwarz. Ich bin ein Freund von deinem Bruder."

Ich erinnere mich dunkel an seinen Namen. Mio hat mal etwas von ihm erzählt.

„Ich sag ihm Bescheid, dass du da bist."

„Dürfte ich dich vielleicht begleiten?"

„Nein."

„Warum nicht?" Er wirkt überrascht.

„Du wartest. Wenn er dich sehen will, kannst du immer noch hochkommen."

„O-Okay. Danke."

‚Was für ein aufdringlicher Kerl.'

Ich eile zu Mio. Ohne Anzuklopfen gehe ich in sein Zimmer. Er sitzt auf dem Bett und starrt Löcher in die Luft. Das macht er in letzter Zeit öfter.

„Unten ist so ein Typ für dich."

„Ein Typ?"

„Silas Irgendwer."

Er bekommt große Augen. „Ist er noch da?"

„Ja."

Mio springt auf und will an mir vorbeirennen. Ich halte ihn fest. „Seit wann triffst du dich nochmal mit ihm?"

„Das geht dich nichts an."

„Ist er der Grund, weshalb deine Arme jetzt an ein Schlachtfeld erinnern?"

„Nein! Und jetzt lass los!"

Beleidigt schubst mich Mio weg, schnappt sich seine Jacke und flüchtet aus der Wohnung.

KAPITEL 12

- Emilio's Sicht

Ich packe Silas' Hand, als ich ihn vor unserem Mietshaus entdecke.

„Komm schnell mit." Erklärungen spare ich mir.

Silas ist verwirrt. Wir biegen um die Ecke. Im schnellen Schritt entfernen wir uns von meinem Zuhause.

„Erklärst du mir, warum wir es so eilig haben?"

„Wegen meinem Bruder."

„Er kann abschreckend sein, wenn er will."

Bei der Baustelle hinter dem Supermarkt lasse ich Silas los. Wir sind weit genug weg. Nervös stehe ich ihm gegenüber.

„Tut mir leid, dass ich dich so unhöflich weggezerrt habe."

Er grinst und nimmt mich in den Arm. Wir küssen uns.

Seit dem Krankenhaus haben wir wieder Kontakt. Ich traf ihn dort, als er seinen kranken Großvater besuchte. Natürlich fragte er mich, woher die Verbände an meinen Armen rührten. Ich war zu dem Zeitpunkt so verzweifelt, weil nicht mal Milan mir glaubte, dass ich mich dringend nach Zuspruch sehnte. Wir unterhielten uns. Er hatte mir mein schlechtes Benehmen bei unserem letzten Treffen bereits vergeben. Ich bog während der Unterhaltung die Wahrheit zurecht und erzählte ihm, ich hätte einen Unfall gehabt und niemand würde mir glauben, dass ich mich nicht umbringen wollte. Silas tröstete mich. In dem Moment fing ich an, Gefühle für ihn zu entwickeln. Er füllte die Leere und vertrieb die Einsamkeit.

Nach dem Kuss gehen wir zu ihm in die neue Wohnung, die er sich seit November mit seinem Kater Sokrates teilt. Immer, wenn ich das Tierchen sehe, muss ich an Raxia und ihre Liebe für Katzen denken.

„Mach's dir gemütlich. Ich nehm nur schnell die Wäsche aus der Maschine", sagt Silas.

Gehorsam setze ich mich neben Sokrates aufs Bett. Ich streichle ihn. Das mag er. Er dreht sich auf den Rücken und streckt mir seinen Bauch entgegen. Sein weißes Fell ist an der Stelle besonders weich. Man darf ihn nur nicht zu sehr kraulen, sonst kratzt er.

‚Ich hätt auch gern ein Haustier. Tiere sind viel treuer als Menschen und enttäuschen einen nicht', denke ich niedergeschlagen.

Am Abend möchte ich nach Hause. Dummerweise schneit es ziemlich stark.

„Bei dem Sturm willst du vor die Tür?", fragt Silas.

„Einen Tunnel zu mir nach Hause gibt's leider noch nicht."

Er zieht mich in seine Arme und lässt sich mit mir rückwärts auf das Bett fallen.

„Bleib heute Nacht hier, Mio."

„Da dreht Milan durch. Der hat sicher schon 'ne Vermisstenanzeige aufgegeben."

„Ruf ihn an. Er will doch auch nicht, dass du bei dem Wetter draußen rumläufst."

„Das erlaubt er nicht."

„Du bist doch zwanzig, oder?"

„Einundzwanzig."

„Ja, stimmt. Wir haben ja Dezember. Deine Geburtstagsfeier müssen wir dringend nachholen."

„Das ist doch schon verjährt." – ‚Da gibt es nichts zu feiern.'

Silas holt sein Handy aus der Hosentasche. „Sag Bescheid. Zur Not fahr ich dich."

„Dein Auto kommt nicht durch den Schnee."

„Noch ein Grund, dass du hierbleibst", sagt er und küsst mich.

Resigniert rufe ich Milan an. Er ist sofort dran und klingt hektisch.

„*Wer ist da?*", fragt er.

„Ich bins."

„*Mio, Gott sei Dank! Ich hab schon im Krankenhaus angerufen. Wo bist du? Hast du mal rausgeguckt?*"

„Ich bin bei Silas."

Schweigen. Milan räuspert sich.

„*Wann wolltest du es mir sagen?*", fragt er.

„Deswegen rufe ich an. Er hat mir angeboten, bei ihm zu übernachten, weil wir eingeschneit sind."

„*Das meine ich nicht.*"

„Was dann?"

„*Dass du mit einem Typen zusammen bist.*"

Herzstillstand. Mir bleibt vor Schreck die Spucke weg.

Milan seufzt.

„*Naja, was soll's. Ich hab euch gesehen, weil ich dir gefolgt bin. Deswegen weiß ich es. Aber scheinbar willst du mit mir nicht darüber reden. Danke jedenfalls für den Anruf. Jetzt kann ich mir sparen, zur Polizei zu gehen.*"

„Tut mir leid, ich… ich hab mich nicht-…"

„*Das geht mich nichts an, wie du so schön gesagt hast. Bis morgen*", antwortet er beleidigt und legt auf.

Ich nehme das Telefon vom Ohr.

„Alles ok?", fragt Silas. Ihm wird mein geschockter Gesichtsausdruck nicht entgangen sein.

„J-Ja. Milan – er hat uns gesehen."

„War nur 'ne Frage der Zeit." Silas scheint das kalt zu lassen.

Ich stehe auf.

„Tut mir leid, aber ich geh doch nach Hause."

„Hä? Warum das?"

„Entschuldige."

Ich brauche lange, bis ich den Weg nach Hause geschafft habe. Mir ist sehr kalt und meine Klamotten sind durchgeweicht, als ich in unserer Wohnung ankomme. Milan sieht fern. Er ist überrascht, als ich plötzlich im Wohnzimmer stehe.

„Ich dachte, du pennst bei ihm", sagt er.

„Ich wollte es dir sagen. Ehrlich. Aber ich kann dir seit der Sache nicht mehr vertrauen."

„Spinnst du? Du kannst mir immer vertrauen."

„Du hältst mich für einen Lügner."

Milan seufzt. Er legt die Zigarette weg, kommt auf mich zu und umarmt mich.

„Wie soll dich ein Traum so zurichten können, Mio? Ich hab dich halb verblutet und mit aufgeschnittenen Pulsadern in deinem Zimmer vorgefunden. Nach allem, was du durchgemacht hast, ist es kein Wunder, dass du die Nerven verlierst. Verstehst du nicht, dass ich mir Sorgen mache und dir nur helfen will?"

„Ich war das nicht! Was muss ich denn noch sagen, damit du verstehst, dass ich es nicht getan habe? Das war er! Pirk war in meinem Zimmer."

„Mio, bei aller Liebe – du musst doch selbst hören, wie verrückt das klingt. Pirk ist weg. Wir haben alle Schatten vernichtet."

„Nach allem, was wir erlebt haben, denkst du echt, es gibt nichts Unmögliches?" Wütend schiebe ich ihn weg. „In jeder Nacht überkommt mich die Angst, dass er wiederkommt und es zu Ende bringt. Aber ich kann es niemandem sagen, weil mich alle für verrückt halten. Dabei musst du doch am besten wissen, dass diese Wesen existieren."

„Nochmal: Wir haben die Schattenwelt vernichtet und mit ihr alle Schatten. Die, die noch in der Menschenwelt waren, haben sich mittlerweile aufgelöst. Ihre Energiereserven sind verbraucht. Verstehst du das? Es ist vorbei."

„Er war da!"

„Hör auf mich anzuschreien!"

„Dann hör mir zu! Er war hier!"

Aber Milan hört nicht zu. Es ist sinnlos. Er schüttelt den Kopf und nimmt sich seine Zigarette. Mit ihr geht er ans Fenster.

„Es war wirklich falsch, dich in einen Job zu zwingen, den du nicht magst. Ich hätte dir mehr Zeit lassen sollen. Du bist noch ein Kind und hast schlimmere Sachen als ich durchmachen müssen. Es ist nicht verwunderlich, dass du- ..."

„Ich hasse dich!"

Milan starrt mich an. Ihm fällt vor Schreck fast die Kippe aus der Hand. Mir geht's nicht anders.

‚Hab ich das wirklich gerade gesagt?'

Ich bin so wütend und halte es keine Sekunde länger in seiner Gegenwart aus. Ich renne aus der Wohnung. Milan kommt mir nach. Er verfolgt mich ohne Jacke und nur in Socken durch den Schnee.

„Bleib hier! Und nimm das sofort zurück!", brüllt er.

Ich halte nicht an. Zum Glück ist er langsamer als ich.

Silas öffnet die Tür. Er reibt sich verschlafen die Augen.

„Bist du jetzt zwei Stunden durch den Schnee geirrt?" Er gähnt herzhaft.

Ich schüttle betrübt den Kopf.

„Darf ich vielleicht doch bei dir schlafen?"

„Komm rein."

Bedröppelt stehe ich in seiner Wohnung und weiß nichts mit mir anzufangen.

Silas will mir die Jacke abnehmen.

„Geh mal lieber heiß duschen. Du bist ganz durchgefroren."

„Okay."

„Ich geb dir ein paar Klamotten von mir, wenn du magst."

„Danke."

Frisch geduscht setze ich mich zu Silas aufs Bett. „Leg dich hin. Ich möchte weiterschlafen." Schweigend gehorche ich und werde sogleich von seinen Armen umschlungen. Ich liege mit dem Rücken zu ihm und spüre sein Gesicht an meinem Nacken.

„Mhm, du riechst nach mir. Das find ich gut", flüstert er.

„Das ist peinlich", antworte ich verlegen.

Silas kichert. Er legt sein oberes Bein auf mich. Mir wird ganz anders. Mein Herz rast. Als ich dazu noch seine Hand an meinem Hintern fühle, wird es mir zu viel. Ich flüchte aus dem Bett. Mit übertrieben schnellen Bewegungen will ich meine nassen Klamotten anziehen und verschwinden, aber Silas hält mich auf.

„Was hast du auf einmal?", fragt er.

„Ich-ich will nicht- ..."

„Was willst du nicht?"

Mir schnürt sich die Kehle zu. Silas seufzt. „Komm zurück ins Bett, Mio." - „Ich geh nach Hause."

„Hatten wir das Thema nicht gerade erst?"

Genervt packt er mich. Ehe ich mich versehe, liegt er auf mir. „Du raubst mir den letzten Nerv."

„Lass mich los!"

Silas' Blick verändert sich. Ein teuflisches Grinsen zeichnet sich zwischen seinen Ohren ab, als er beherrschend zu mir hinabsieht. Er leckt sich die Lippen.

„Tanz, Puppe. Zeit für ein neues Spiel."

- Ende Emilio's Sicht

Nachdem ich die Verfolgung aufgegeben habe, bin ich zurück nach Hause gegangen. Niedergeschlagen lasse ich mich auf die Couch fallen. Meine Füße sind eiskalt, aber das ist mir egal. Unterstreicht nur die miese Stimmung. Es hat ziemlich wehgetan – *Ich hasse dich* – aus seinem Mund zu hören. Dabei will ich ihm doch nur helfen.

Verzweifelt zünde ich mir eine an. Der Fernseher soll die Stille vertreiben. Die Gedanken bleiben.

Plötzlich taucht etwas neben mir auf. Im ersten Moment glaube ich, es ist nur der Rauch der Zigarette, der mir im Augenwinkel einen Streich spielt. Auf den zweiten Blick erkenne ich rote Haare. Mir fällt alles aus dem Gesicht. Die Kippe landet auf meiner Jeans und brennt mir ein Loch in den Stoff. Die Hitze lässt mich aufspringen. Schnell landet das Teil im Aschenbecher.

Fassungslos starre ich meinen Besuch an, bis mein Kopf begreift, dass Raxia leibhaftig vor mir steht. Ich verschwende keine Zeit und ziehe sie in meine Arme. „Du bist es wirklich!"

Sie scheint überrascht. Wahrscheinlich hat sie nicht mit der Reaktion gerechnet, da wir uns früher so gern gestritten haben. Jetzt kann ich nicht anders. Ich halte sie ganz fest.

„Milan, alles gut?" Ich schweige. Vor lauter Freude sind mir die Tränen gekommen. Ich will nicht, dass sie das merkt.

Raxia seufzt. „Ich hab dich auch vermisst. Aber leider ist jetzt nicht die Zeit für eine ausreichende Begrüßung."

Sie fängt an zu zappeln. So unauffällig wie möglich wische ich mir die Tränen am Arm ab und lasse sie los.

„Ich muss wissen, wo Mio ist. Er schwebt in großer Gefahr."

„Hast du gehört, was ich dir am Baum der Ewigkeit berichtet habe?"

„Du warst öfter dort, das stimmt. Aber ich habe es mit eigenen Augen gesehen"

„Wie er sich die Pulsadern aufgeschnitten hat?" Sie bekommt große Augen und wirkt geschockt. Hektisch schüttelt sie den Kopf.

„Er sagt, es wäre Pirk gewesen. Er würde ihn in seinen Träumen heimsuchen", sage ich. „Ich glaube, er hat die Trennung von dir nicht verkraftet und bildet sich alles nur ein. Ich wollte ihm helfen, aber irgendwie scheine ich es damit nur noch schlimmer zu machen. Neuerdings trifft er sich mit einem Typen. Ich habe damit ein echtes Problem."

Alles sprudelt aus mir heraus. Damit ich es nicht übertreibe, nehme ich einen Zug von der Zigarette. Mein Redefluss geht danach trotzdem ungebremst weiter.

„Wir haben uns vorhin gestritten. Er hat gesagt, er hasst mich. Dann lief er weg. Ich bin ihm nach und sah ihn mit diesem Kerl. Ich weiß, dass er Mio wichtig zu sein scheint, aber als ich gesehen habe, wie die sich geküsst haben … Mir ist es fast hochgekommen. Ich will nicht, dass er mit seinen Problemen lieber zu einem Fremden geht, anstatt zu mir."

Raxia setzt sich neben mich. Sie nimmt mir die Zigarette aus der Hand und drückt sie im Aschenbecher aus. Dann wird der Fernseher ausgeschalten. Als sie sich bückt, um mir die nassen Socken auszuziehen, verstehe ich die Welt nicht mehr.

„Halt still. Eine Erkältung ist das Letzte, was du jetzt gebrauchen kannst."

„Ich kann die selbst ausziehen."

„Warum hast du es dann noch nicht getan?" Mich trifft ihr Blick. Die Socken landen auf der Couch. „Ist Mio jetzt bei diesem Kerl?"

Ich nicke nervös. Eine neue Zigarette muss her. Raxia gibt mir einen Klaps auf die Hand.

„Du bist ab jetzt wieder Nicht-Raucher", legt sie fest.

Ich reibe mir den Handrücken. „Das geht dich nichts an."

„Doch, und wie! Rauchen ist ungesund und ich habe dich nicht wieder lebendig gemacht, damit du absichtlich deinem

Körper schadest. So, und jetzt wirst du aufstehen, dir frische Socken, Schuhe und eine Jacke anziehen, damit wir Mio vor Silas retten können."

„Ihn retten?" Meine Augen verengen sich zu Schlitzen. „Woher kennst du den Namen von dem Kerl?"

Raxias Mimik kann ich entnehmen, dass ich sie ertappt habe.

„Hast du uns die ganze Zeit beobachtet? Hast du gesehen, wie Mio sich die Pulsadern aufgeschnitten hat?"

„Nein", ruft sie hektisch. „Ich habe die meiste Zeit damit verbracht, die Seelenpartikel von Mia und den anderen zu sammeln. Nur ab und zu habe ich euch beobachtet. Da fiel mir dieser Silas auf. Mio kennt ihn von früher. Sie hatten ein Verhältnis, bevor Mios Mutter sich umbrachte."

„Liegt das etwa in der Familie?!"

„Nein! Hör bis zum Ende zu. Der Silas von heute wirkt auf mich völlig anders, als der, den ich damals an Mios Seite beobachten konnte. Seine Aura hat sich stark verändert. Ich denke, er könnte vielleicht ein Schatten sein."

„Warum denkst du das? Mio hat mir gegenüber nur Pirk erwähnt. Außerdem haben wir doch die Schattenwelt vernichtet, oder etwa nicht? Hat er die ganze Zeit gar nicht gelogen?"

Raxia seufzt. Ihr Blick huscht zur Tür.

„Milan, ich weiß, dass ich wie ein Überfallkommando einfach in deinem Wohnzimmer aufgetaucht bin, obwohl es dir gerade wegen eurem Streit nicht gut geht. Aber können wir unsere Unterhaltung auf später verschieben? Sollte sich mein Verdacht bestätigen und dieser Silas ist tatsächlich ein Schatten, schwebt Mio in großer Gefahr."

Raxia meint es ernst. Ich kann es in ihrem Gesicht ablesen. Das macht mir Angst. Ich ärgere mich, dass ich Mio kein Wort geglaubt habe. Dafür hätte ich mehr als nur eine Ohrfeige verdient. Aber für Strafe ist dann noch genug Zeit. Ich erhebe mich von der Couch und gehe ins Bad. Im Wäschekorb finde ich ein paar Socken.

Raxia verzieht das Gesicht.

„Die sind aber nicht frisch."

„Du sollst auch nicht dran riechen."

„Die ich dir vorhin ausgezogen habe, waren aber gewaschen, oder?"

Mein Grinsen geht bis zu den Ohren. „Das werden wir nie erfahren."

„Milan, das ist eklig!"

Wenn ich mich nicht täusche, hat sie Gänsehaut bekommen. Scheinbar hasst sie Stinkesocken. Fantastisch. Man weiß nie, für was man dieses kostbare Wissen einmal gebrauchen kann.

„Wieso grinst du so dämlich?", motzt sie.

„Wer weiß. Jetzt komm. Ich hoffe, du weißt, wo der Vogel wohnt. Ich will meinen Bruder zurück."

KAPITEL 14

Ich starre in seine stahlblauen Augen. Mir treten die Tränen ins Gesicht. Sein gnadenloser Griff umschlingt meine Handgelenke, während er auf mir liegt und mich unter sich gefangen hält.

„Lass mich!", heule ich und kneife die Augen zu. Ich drehe mich weg und versuche mich verzweifelt zu befreien. Das Wort *Puppe* ertönt wie ein Echo in meinen Ohren. Es treibt mich in den Wahnsinn.

Plötzlich klatscht es. Ich habe eine Ohrfeige kassiert.

Ängstlich starre ich in Silas' Gesicht. Es sieht wieder normal aus. Ich verstehe die Welt nicht mehr.

Silas seufzt. Er geht von mir runter. Sofort krieche ich aus seinem Bett und stehe auf den Beinen.

„Mio, keine Ahnung, was mit dir los ist, aber du bist echt unheimlich. Es ist okay, wenn du nicht willst. Ich zwinge dich zu nichts. Hör nur bitte auf zu schreien. Ich will keinen Ärger mit den Nachbarn. Solange wohne ich noch nicht hier."

„Die Nachbarn? War er – war *er* nicht hier?", stottere ich zusammenhangslos. Silas sieht mich an, als wäre ich aus dem Irrenhaus entflohen.

„Mio, ich glaube, du bist etwas durcheinander. Hier ist niemand außer uns und dem Kater."

‚Aber ich habe Pirk doch gesehen. Er war in Silas', denke ich und fühle, wie meine Beine plötzlich unter mir nachgeben. Sämtliche Kraft weicht aus meinen Gliedern. Beschämt vergrabe ich mein Gesicht hinter den Händen.

‚Habe ich es mir eingebildet? Aber es wirkte so echt. Hat Milan etwa Recht? Bin ich verrückt?' Mir wird ganz schlecht. Ich hatte bereits vor meinem Tod immer wieder Visionen, mit denen Pirk mich fast in den Wahnsinn trieb. ‚Geht das jetzt wieder los?'

Silas kniet sich neben mich und nimmt mich in den Arm. Beruhigend streichelt seine Hand über meinen Rücken.

„Mio, alles gut. Es ist schon spät. Vielleicht schlafen wir besser."

Mich durchzieht ein tiefer Schluchzer. Ohne Gegenwehr lasse ich mich zurück ins Bett bringen. Silas deckt mich zu und kurz darauf macht es sich Sokrates auf meinem Bauch gemütlich. Er schnurrt.

„Ich geh nochmal ins Bad. Schlaf bitte. Du bist vom vielen Schneewandern sicher erschöpft." Er schmunzelt.

Ich nicke beklommen und erinnere mich an den Streit mit Milan. *Ich hasse dich* - warf ich ihm an den Kopf, weil er mir nicht glauben wollte, dass Pirk mir erschienen ist und mich verletzt hat. Doch so wie es aussieht, fantasiere ich tatsächlich.

Plötzlich verstummt der Kater. Er blickt auf. Im gleichen Moment fühle ich neben mir ein zusätzliches Gewicht auf der Matratze. Ich reiße entsetzt die Augen auf, weil ich mit einer neuen Vision rechne. Doch falsch gedacht: Raxia kniet neben mir im Bett. Aus Reflex löst sich bei mir ein Schrei, der aber nicht nach außen dringt, weil sie mir geistesgegenwärtig den Mund zuhält.

„Pscht!", zischt sie. „Ich erledige das Schwein. Milan ist auch schon unterwegs."

Noch ehe ich begreife, dass sie wieder da ist, lässt sie von mir ab, stürmt ins Bad und reißt die Tür auf.

„Es ist vorbei!", ruft sie laut.

„Äh … Wer bist du?" Silas Stimme klingt verwirrt.

Raxia fällt rückwärts auf den Hintern. Sie starrt mit hochrotem Kopf durch die aufgerissene Tür ins Badezimmer. Kurz darauf rauscht es im Spülkasten. Mir wird klar, dass sie Silas gerade auf der Toilette überrascht haben muss.

Er steht ein paar Sekunden später mit fragendem Blick vor ihr. Ich staune, dass er in Anbetracht der verrückten Situation so ruhig bleiben kann.

„Darf ich fragen, wer du bist und was du in meiner Wohnung machst? Es ist unhöflich andere Leute im Bad zu überfallen."

„Ich-Ich habe- ..."

„Beantworte meine Frage, sonst rufe ich die Polizei."

„Sie gehört zu mir", antworte ich hektisch. Mein Schock klingt ab. Ich laufe zu Raxia und helfe ihr auf die Beine. Sie sieht mich überfordert an. Ich kann nicht anders, als sie zu umarmen. Das Gesicht vergrabe ich sehnsüchtig in ihren roten Haaren, während mir die Freudentränen in die Augen steigen.

„Ich träum das nicht. Du bist wirklich hier", flüstere ich.

„Wer ist sie? Und wie kommt sie hier rein? Ich hab keine Klingel gehört." Silas ist offensichtlich mehr als verwirrt.

Das ist mir gerade egal. Für mich zählt nur Raxias Rückkehr. Wie oft habe ich von diesem Moment geträumt.

‚Ich lass dich nie mehr los', denke ich wehleidig, aber es ist leider nicht die Zeit für ein rührseliges Wiedersehen. Raxia schiebt mich weg und nimmt eine provokante Haltung ein. Ihr Finger zeigt auf Silas.

„Silas Schwarz!" Sie fixiert ihn mit bösem Blick. „Ich habe dich entlarvt, Schatten! Gib dich geschlagen, dann wird dein Ende kurz und schmerzlos sein."

„Geht's noch?" Silas verschränkt die Arme vor der Brust. „Du überfällst mich in meiner Wohnung und drohst mir außerdem mit dem Tod? Mir reicht's. Ich rufe jetzt die Polizei."

„Nein, bitte nicht." Flehend sehe ich ihn an. „Raxia ist meine Freundin. Sie ist ein bisschen ... verrückt."

„Deine Freundin? Wie darf ich das bitte verstehen?"

„Wie er es gesagt hat", erwidert sie. „Obwohl das mit dem *verrückt* nicht stimmt."

Selbstbewusst schiebt sie mich beiseite und baut sich abermals vor Silas auf, der sie weit über eine Kopflänge überragt.

„Du bekommst ihn nicht. Ich werde nicht zulassen, dass ein Schatten sich die Key-Seele einverleibt."

„Halt den Ball flach. Von was redest du überhaupt? *Schatten? Key?* Bist du high?"

Raxia bleibt unbeeindruckt. „Zeig die Kette", fordert sie. „Du trägst Malums Symbol bei dir. Ich habe es gesehen."

„Siehst du hier irgendwo eine Kette?", fragt er genervt.

„In deinem Kleiderschrank." Sie wechselt das Zimmer und stürmt zur linken Schublade außen, um tatsächlich eine Kette mit dem gehörnten Totenkopf zwischen Silas' Unterhosen hervorzuholen. „Du bist überführt, Schatten!"

„Hä? Woher weißt du, wo ich die aufbewahre?"

Plötzlich klopft es energisch an der Wohnungstür. Ich zucke zusammen, während Silas die Welt nicht mehr zu verstehen scheint.

Raxia dagegen grinst triumphierend, wickelt die Kette um ihre Hand und eilt zur Wohnungstür, um Milan reinzulassen. Ich traue meinen Augen kaum, als er vor uns steht: Die Haare nass vom Schnee und mit durchweichten Klamotten. Er sieht halb erfroren aus. Dementsprechend ist seine Laune.

„Pfoten von meinem Bruder, du Lauch", bellt er und zerrt mich zu sich. „Ich werde niemals zulassen, dass ihm irgendeiner von euch jemals wieder wehtut."

Silas schnappt sich sein Handy, das auf dem Badschrank liegt. „Ja, Polizei? Ich brauche Hilfe. In meiner Wohnung sind zwei Verrückte", erklärt er.

„Lass stecken!" Milan rennt auf Silas zu. Er packt ihn am Kragen, zerrt ihn aus dem Bad und wirft ihn zu Boden. Das Handy gleitet Silas aus der Hand.

Ich stehe wie angewurzelt da, als Milan beginnt, ihn mit den Fäusten zu malträtieren. Silas schützt sein Gesicht so gut es geht. Blut fließt. Es ist nicht viel - verursacht durch eine aufgeschlagene Lippe - aber die Tropfen reichen, um mich zurückzuholen. Ich werfe mich mit meinem ganzen Gewicht gegen Milan. Sein Flug wird durch die Wand gebremst. Blitzschnell knie ich mich zwischen ihn und Silas und breite schützend meine Arme aus.

„Hör auf!" Meine Stimme zittert, aber sie ist laut genug, um Milan Einhalt zu gebieten. Er sieht mich böse an.

„Geh aus dem Weg", zischt er.

„Silas ist kein Schatten! Die Kette ist von einer Band und die wahre Bedrohung ist nicht er, sondern Pirk. Ihn müssen wir finden."

„Hat der dir das Gehirn gewaschen?" Milan reißt mich um und setzt sich auf meinen Bauch.

„Mir ist egal, was du vorhin zu mir gesagt hast. Ich beschütz dich trotzdem." Sein Blick ist voller Schmerz und Wut. Offenbar haben meine Worte ihn mehr verletzt, als ich dachte. Das ist dennoch kein Grund, mit Raxia zusammen in Silas' Wohnung einzufallen und ihn halb bewusstlos zu schlagen.

„Silas ist unschuldig", beteure ich.

„Das sagst du nur, weil er dich um den Finger gewickelt hat und du zurück in deiner pubertären Phase bist."

„Du Arschloch!"

„Du kannst das in deinem Zustand nicht beurteilen."

„Glaub mir doch endlich! Was muss ich denn noch tun, damit du begreifst, dass nicht Silas, sondern Pirk die Gefahr ist?"

Sirenen – Blaulicht auf der Straße.

„Die Polizei. Das ging schnell", staunt Raxia. Sie trennt uns voneinander und beendet den filmreifen Zank.

„Milan, bring Silas hier weg und stell ihn ruhig. Mio, du wirst der Polizei öffnen und angeben, dass die Situation sich geklärt hat", weist sie uns kurzerhand an, aber ich weigere mich.

„Das werde ich nicht. Lass Silas los, Milan. Hey! Loslassen, habe ich gesagt!"

Milan schubst mich weg und schleift Silas ins Badezimmer. Er wehrt sich nicht. Wahrscheinlich steht er unter Schock. Milan verriegelt die Tür von innen, sodass ich nichts tun kann. Raxia legt die Hand auf meine Schulter, als es an der Tür klingelt.

„Wir klären das nachher in Ruhe. Jetzt wimmle die Beamten ab, damit ich Silas heilen kann."

„Er ist unschuldig. Ihr müsst mir glauben."

Es klopft. Eine Männerstimme ist zu hören.

„Hallo? Herr Schwarz? Öffnen Sie bitte?"

Raxia nickt mir zu. Sie hält sich bedeckt, während ich unfreiwillig der Polizei die Tür öffne.

„G-Guten Abend", sage ich.

„Herr Schwarz?"

„Äh ... Nein ..."

„Wer sind Sie?", fragt der zweite Beamte. Er hat einen dicken Bauch und wirkt genervt, während sein Kollege den strengen Blick durch die Wohnung schweifen lässt.

„Ich-Ich heiße Marino ..."

„Wir würden gern Herrn Schwarz sprechen."

„Er-Er ist gerade- ..."

Die Klospülung ist zu hören. Dann kommt Milan aus dem Bad. Er hat sich die nassen Klamotten ausgezogen und steht nur in Unterhose bekleidet vor den Polizisten. Er schlingt breit grinsend den Arm um mich. Raxia huscht währenddessen durch die zufallende Badtür zu Silas.

„Ich habe meinen Namen gehört?", fragt Milan ungeniert und lässt eine seiner Hände unter mein Shirt wandern. Mir wird klar, welche Show er abziehen will. Auch die Polizisten verstehen es. Der mit dem dicken Bauch räuspert sich.

„Herr Schwarz, Sie riefen die Notrufnummer und gaben an, Hilfe zu benötigen. Der Anruf brach ab. Wir sind trotzdem gekommen, um nach dem Rechten zu sehen."

„Ach, ich habe die richtige Nummer gewählt? Ach, herrje. Das war ein Rollenspiel. Sie verstehen?" Er legt seine Hand um meinen Hals und drückt ein bisschen zu, bevor er mir einen feuchten Kuss in den Nacken haucht. „Der böse Einbrecher wurde bereits überwältigt."

‚Ist das peinlich', denke ich schockiert und schaffe es aus Scham nicht mehr, den Beamten ins Gesicht zu sehen.

„Sie sprachen von zwei Verrückten in Ihrer Wohnung", sagt der große Polizist.

„Damit habe ich uns gemeint. Die Leidenschaft ist wohl über mich gekommen. Aber auch kein Wunder bei dem Leckerbissen." Er gibt mir einen Klaps auf den Hintern. – Ich will sterben.

„Zeigen Sie uns Ihren Ausweis, Herr Schwarz, und unterlassen Sie die Anspielungen. Herr Marino, Ihren Ausweis möchten wir auch sehen, um festzustellen, ob Sie überhaupt volljährig sind."

„Sie zerstören die ganze schöne Stimmung", seufzt Milan. Er lässt von mir ab. „Los, hol deinen Ausweis. Ich habe meinen glaube in meiner Hose im Bad gelassen."

‚Oh Gott, was jetzt? Wenn die merken, dass Milan nicht Silas ist, was dann? Soll ich Silas' Ausweis suchen? Aber ich habe keine Ahnung, wo der ist', geht es mir panisch durch den Kopf. Bewegungsunfähig sehe ich Milan nach. Er geht wirklich ins Bad.

„Herr Marino, Ihre Papiere", erinnert mich der dicke Polizist. Ich zucke zusammen, nicke ertappt und hole den Ausweis aus dem Portemonnaie in der Jackentasche. Ein Glück, das wir den haben nachmachen lassen, nachdem Luigi uns eingestellt hat. Mit zitternder Hand gebe ich ihn dem Polizisten.

„Nennen Sie mir Ihre Adresse zum Abgleich."

Während ich antworte, spüre ich einen kalten Lufthauch. Kurz danach flitzt Sokrates an mir vorbei. Er jagt etwas. Just wird mir klar, wie Milan an den Ausweis kommt. Raxia sucht in ihrer unsichtbaren Energiegestalt nach ihm, während ich die Polizei ablenke.

„Größe?" Ich reagiere nicht, weil mein Blick an dem Kater hängt, der im Highspeed zurück ins Wohnzimmer prescht.

„Herr Marino, wie groß sind Sie? Bleiben Sie bitte aufmerksam."

„Ent-Entschuldigung. 1,78."

„Sehen Sie mir in die Augen."

Er hält eine Taschenlampe in mein Gesicht. Ich blinzle. „In das Licht sehen! Ich möchte ihre Pupillenreaktion einschätzen. - Okay, normal."

Sokrates rennt zur Badtür und hat so viel Schwung, dass er dagegen knallt. Knurrend scharrt er, bis Milan sie schwungvoll öffnet. Sokrates weicht aus und stürmt durch Milans Beine.

„Ich habe ihn", trällert er, unbeeindruckt von dem Verhalten des Katers. „Das Bild ist aber schon etwas älter. Damals hatte ich noch lange Haare." Die Beamten nehmen ihn an sich und prüfen den Ausweis auf seine Echtheit.

‚Hoffentlich bemerken sie nicht die unterschiedliche Augenfarbe', bange ich in Gedanken.

„Adresse zum Abgleich", fordert der Polizist. Milan kann sie auswendig. Ich atme innerlich auf, bis ich plötzlich die Hand von dem Polizisten mit dem dicken Bauch an meinem Hintern spüre. Fassungslos starre ich ihn an. Er wirft mir einen lustvollen Blick zu, der mir eine Gänsehaut verschafft. Mir wird kotzübel. Just zieht mich Milan von dem Kerl weg.

„Ich habe noch nie gern geteilt, wissen Sie?", warnt er ihn.

„Ich denke, wir können gehen", sagt der dicke Mann beleidigt. „Über die Höhe der entstandenen Kosten für den Fehlalarm werden wir Sie per Brief informieren, Herr Schwarz."

„Da hätte ich ihn auch in ein teures Restaurant ausführen können. Aber was soll's. Das ist es mir wert. Einen schönen Abend die Herren Polizisten und vielen Dank für Ihren Besuch."

„Nehmen Sie die Warnung ernst!"

Sie verschwinden. Mit zitternden Beinen gleite ich auf den Boden.

„Du ziehst die Perversen echt an", sagt Milan kopfschüttelnd.

„Du bist hier der einzige Perverse", knurre ich und wische mir über den Hals. „Du hast mich abgeleckt."

„Das musste echt aussehen."

„Viel zu echt!"

„Dann hätte ich dich wohl nicht vor der Hand des Herrn Wachtmeisters Bierbauch retten sollen?"

„Das ist nicht witzig."

„Nein, wirklich nicht. Unglaublich, dass du auf sowas stehst."

„Tu ich nicht!"

„Und wieso knutschst du dann mit diesem Kerl in aller Öffentlichkeit herum und hast gerade ein Shirt von ihm an? Warum hast du es mir verschwiegen? Ich dachte, wir vertrauen uns."

„Du hast mir in letzter Zeit doch überhaupt nicht mehr zugehört." – „Ich höre dir immer zu!" – „Dass ich nicht lache!"

„Schluss jetzt." Raxia mischt sich ein. Sie hat scheinbar genug von dem Theater und stellt sich zwischen uns. Doch bevor sie schlichten kann, höre ich Silas' Stimme. Er ist wieder zu sich gekommen und lehnt am Türrahmen vom Badezimmer. Seine Wunden sind alle verheilt.

„Hört endlich auf, in meiner Wohnung herumzuschreien", fordert er und wirft Milan die Klamotten zu. Genervt fängt er sie auf. Ich nutze die Chance, um alles zu erklären.

„Silas, es tut mir leid. Das ist ein riesiges- …"

„Missverständnis", fuhrt er fort und wartet, bis Milan sich wieder angezogen hat. Raxia gesellt sich zu uns. Sie gibt Silas seine Kette zurück.

„Du hast Recht. Sie ist aus Plastik. Aber ich glaube nicht an Zufälle. Ich möchte wissen, wo ich die Musikgruppe finde, die dieses Design zu ihrem Eigen gemacht hat."

„Die Skull-Burner. Schau selbst im Internet", antwortet Silas. „Jetzt verlasst meine Wohnung. Ihr habt für heute genug Schaden angerichtet. Die Kosten für den Polizeieinsatz werdet ihr übernehmen. Gib mir bei der Gelegenheit gleich noch meinen Ausweis zurück."

„Wenn's sein muss", knurrt Milan und legt ihn auf den Flurschrank. Mich trifft sein Blick. „Anziehen. Du kommst mit."

„Okay." Niedergeschlagen will ich zu meinen nassen Klamotten, aber Silas hält mich auf.

„Gib's mir später wieder. Ich leih dir noch 'ne Hose."

„Aber- ..."

„Lass mir etwas Zeit, dann melde dich."

„Danke."

KAPITEL 15

Zuhause gehe ich zuerst heiß duschen, bevor ich mich in meinem Zimmer verkrieche. Milan raucht genervt eine Zigarette nach der anderen auf dem Balkon, während Raxia mir Gesellschaft leistet. Sie schwebt über meinem Bett, nachdem sie mit *vollem Akku* aus dem Nichts zurück ist. Grübelnd schaut sie aus dem Fenster. Ich habe die Beine angezogen und stopfe mir wütend Gummibärchen rein, weil das Eis alle ist.

„Hier hast du Pirk gesehen?", fragt sie, nachdem ich ihr von seinem Überfall in meinem Traum berichtet habe.

„Ja. Danach ist er in meinem Zimmer aufgetaucht und hat mich verletzt. Als ich zu mir kam, lag ich in einer Blutlache auf dem Boden. Jetzt denken alle, ich wäre suizidgefährdet."

Raxia sinkt neben mich und nimmt schweigend meine Hand. Sie fühlt meinen Puls. Mir wird warm ums Herz. Sehnsüchtig ziehe ich sie an mich. Die Gummibärchentüte rutscht durch die Bewegung vom Bett. Raxia will sie aufheben, aber ich lasse sie nicht. Ohne weiter nachzudenken, küsse ich sie. Ihre kalten Lippen rauben mir dabei jede Hoffnung auf ein Happy End. Traurig lasse ich von ihr ab.

„Ich liebe dich", sage ich leise.

Sie lächelt und sieht dabei unglaublich traurig aus. Ohne etwas zu sagen, nimmt sie wieder meine Hand und fährt die Verletzungen an meinen Pulsadern nach, die mir Pirk in dem Traum zugefügt hat. Sie sind verheilt, aber die Narben werden wohl bleiben. Behutsam legt Raxia meinen Arm in ihren Schoß.

„Was machst du?", frage ich, doch sie gibt mir zu verstehen, besser still zu sein. Schweigend beobachte ich, wie sie Stück für Stück der Narben mit ihrer Hand verschwinden lässt. Auch die an meiner Brust ist nach ihrer Berührung nicht mehr zu sehen.

„So hast du auch Silas geheilt. Seit wann kannst du das bei Lebenden?"

„Langes Training", sagt sie. Ihr Blick schweift ab. „Ich freue mich, dass Silas und du euch wiedergefunden habt. Ich weiß, dass du ihn früher schon einmal sehr gemocht hast."

„Warum überrascht es mich nicht, dass du das weißt." Ich nehme ihre Hand und halte sie fest. „Silas wird mich sicher nie wiedersehen wollen."

„Mach dir deswegen keine Sorgen. Ich habe ihm die Erinnerung nach der Heilung genommen. Er weiß nicht, dass Milan ihn verprügelt hat."

„Danke." Ich schenke ihr ein kurzes Lächeln, aber dann kommt die Traurigkeit zurück. Nach einem Seufzen erzähle ich ihr, dass ich mich mit Milan gestritten habe. „Wahrscheinlich ist er deswegen so ausgerastet."

„Milan weiß, dass es nicht so ist", antwortet sie.

„Aber es hat ihn verletzt."

„Ihr streitet halt gern. Das ist zwischen Geschwistern normal, oder nicht?"

„Es weiß doch keiner, ob wir wirklich Geschwister sind."

„Doch, ich habe recherchiert."

„Ernsthaft? – Wie? Und was ist dabei herausgekommen?"

„Dafür ist dann noch Zeit, Mio. Erstmal müssen wir- …"

„Bitte, Raxia! Ich muss wissen, warum meine Eltern mich belogen haben."

„Jetzt ist es noch zu früh. Zuerst müssen wir herausfinden, wer diese Musiker sind, die Malums Symbol benutzen."

„Ich will mich nicht gedulden. Ich will- …"

„Noch nicht, Mio." - „Bitte!" - „Nein."

Ich seufze. Niedergeschlagen lasse ich den Kopf hängen.

„Wenigstens glaubst du mir, dass Pirk mich verletzt hat."

Sie nickt. „Malum und Fatum mögen tot sein, aber das Böse ist noch unter uns. Schatten existieren weiterhin und machen Jagd auf euch. Milan mag es nicht spüren, weil er nie von einem besessen war, so wie du."

Ich bekomme Gänsehaut. „Ich bin besessen?"

Raxia nimmt mich in den Arm und bestätigt meinen schrecklichen Verdacht. Ich habe mir also bereits als Jugendlicher die Fluchschatten, die mich heimsuchten, nicht eingebildet. Sie waren da – wahrscheinlich schon mein ganzes Leben. Hätte ich eher gewusst, was sie bedeuten, hätte ich mich opfern können, um meine Eltern zu retten. – Just als der Gedanke durch meinen Kopf huscht, sieht mich Raxia erschrocken an.

„So etwas darfst du nicht denken", sagt sie streng.

„Du liest ohne Erlaubnis meine Gedanken?"

„Mio, dass deine Eltern gestorben sind, ist nicht deine Schuld. Sie waren Teil von Pirks Folter. Er wollte den Hass in dir erwecken. Wenn jemand für den Tod deiner Eltern verantwortlich ist, dann ist es Pirk. Ein Grund mehr, ihn endlich zu stoppen."

„Wie soll das gehen? Milan und ich sind keine Reisenden mehr."

„Ich weiß."

„Wie sollen wir uns wehren? Pirk wird zurückkommen und dann wird er- …"

Raxia legt ihren Finger auf meinen Mund, damit ich still bin.

„Worum ich dich jetzt bitte, bleibt unter uns. Hast du das verstanden, Mio?"

„J-Ja."

Raxias Ruhe weicht einer angespannten Ernsthaftigkeit.

„Ich habe Mias Seelenpartikel gesammelt. Es fehlt der letzte. Danach möchte ich Alfabio zurückholen. Ich brauche die Kraft der zwei für den gemeinsamen Kampf gegen Pirk und die letzten Schatten. Jedoch befürchte ich, dass wir selbst zu dritt immer noch zu schwach sind."

„Was ist mit den anderen Soldaten Fatums? Können sie uns nicht helfen? Aurelia zum Beispiel. Sie ist stark."

„Ich habe doch alle Seelen zurück in den Energiestrom gelenkt. Es gibt nur noch die Zerstreuten und mich. Wir sind die einzigen Wesen der 4. Dimension, die neben den aufgestiegenen Schatten meines Wissens nach in dieser Welt noch existieren."

„Dann warst du die ganze Zeit allein im Nichts?"

Raxia nickt verlegen. „Es war ziemlich langweilig. Ich habe euch vermisst. Deswegen fing ich an, mich wieder unter Menschen zu mischen. Ich beobachtete, bis ich feststellte, dass sich ihr boshaftes Verhalten nicht geändert hat."

„Also war alles, was wir getan – alle, die wir geopfert haben – alles war umsonst?"

„Nein, war es nicht. Wir kennen den Feind und werden ihn endgültig vernichten. Nur schaffe ich das nicht ohne deine Hilfe."

„Was kann ich tun?"

Raxias Blick weicht mir aus. Sie berührt meinen Arm, fährt mit ihren kalten Fingern bis zum Puls und verweilt für eine Sekunde.

„Ich hasse es, dich darum bitten zu müssen", sagt sie und ich erkenne Tränen in ihren Augen. Schweigend wische ich sie weg und umarme sie, bevor Milan plötzlich zur Tür hereinkommt. Schnell lösen wir uns voneinander.

„Was habt ihr denn gerade gemacht?", fragt er und grinst dämlich.

„Geh aus meinem Zimmer!"

„Chill. Ich wollte nur fragen, ob ich dir auch was zum Essen machen soll. Deine Zombiebraut braucht ja nichts."

„Ich bin keine- ...!" Ich halte Raxia den Mund zu.

„Kannst du plötzlich kochen?"

Er zeigt mir den Mittelfinger. „Ich kann auftauen, Arschloch."

„Auf Tiefkühlpizza hab ich keine Lust. Ich mach uns was."

Ich erhebe mich und gehe zur Tür. Als ich auf Milans Höhe ankomme, hält er mich fest. Er hat scheinbar meine *reparierten* Arme bemerkt. Mir ist das unangenehm. Ich will weitergehen, aber er zieht mich an seinen Körper. Seine Hände drücken mich ganz fest an ihn. Ich weiß im ersten Moment gar nicht, wie mir geschieht.

„Es tut mir leid", flüstert er. „Ich hätte dir von Anfang an glauben müssen. Bitte verzeih mir."

Er sagt das voller Reue, was ich überhaupt nicht von ihm kenne. Ich bekomme eine Gänsehaut. Wahrscheinlich bin ich auch rot im Gesicht.

„Verzeihst du mir, Mio?"

„Ich hasse dich nicht. Entschuldige, dass ich das zu dir gesagt habe." – Warum flüstern wir eigentlich?

„Ich hab dich lieb." – „Ich dich auch."

Glücklich schmiege ich mich an ihn. Doch etwas stört. Ein lautes Schluchzen dringt an mein Ohr. Erst vermute ich, es kommt von Milan, aber falsch gedacht. Raxia sitzt auf meinem Bett und heult – warum auch immer.

„Äh, alles okay bei dir?", fragt Milan.

Sie wischt sich über die Augen. „Könnt ihr euch nicht immer so süß vertragen?" Sie schluchzt theatralisch und bringt uns beide ungewollt zum Lachen.

Nach dem Essen gehen Raxia und ich zurück in mein Zimmer. Wir haben Milans Handy dabei.

„Lies vor", fordert sie.

„Warum? Du kannst doch selber lesen."

„Ich will es aber von dir hören."

„Wenn's sein muss."

Dank dem Internet können wir nach Informationen über die Band suchen, die sich Malums Symbol zu eigen gemacht hat. Wir finden einige Einträge und schauen in ein paar Musikvideos rein, bis Milan sich nach erledigtem Abwasch zu uns gesellt. Er setzt sich aufs Bett, zündet sich eine Zigarette an und schnappt sich den Aschenbecher, den er auf dem Fensterbrett lagert.

„Du bist doch wieder Nicht-Raucher, schon vergessen?" Raxia wedelt mit der Hand im blauen Dunst.

„Habt ihr schon was gefunden?" Milan ignoriert sie offensichtlich.

„Nein, nicht wirklich. Ein paar Videos, ein paar Interviews. Eine große Nummer scheinen die nicht zu sein." Ich halte ihm das Handy mit dem neuesten Song unter die Nase.

„Die klingen gut", sagt er.

Ich verdrehe die Augen. Metal ist nicht meins. Doch unser Musikgeschmack tut jetzt nichts zur Sache. Raxia schnappt sich das Handy und scrollt sich durch die verschiedenen Links, welche die Suchmaschine ausgespuckt hat.

„Die geben bald ein Konzert in der Stadt", sagt sie nach einer Weile und weckt unser Interesse.

„Wann?", fragt Milan.

„Bereits am Wochenende. Los, ruf an und reservier ein paar Karten."

„Es ist mitten in der Nacht. Da ist doch keiner am Ticketschalter. Ich mache das morgen."

„Aber wirklich", knurrt sie und wirkt genervt, bis plötzlich das Handy klingelt. Ein Bild von Caro erscheint auf dem Display. Sie ist oben rum ohne und lächelt verschmitzt in die Kamera. Ich glaube, Raxia und ich sehen beide gleich rot aus, als wir schnallen, welche Fotos Milan von ihr gemacht hat.

„Perverser", schimpft Raxia empört.

Milan winkt ab.

„Bist doch bloß neidisch, Hühnerbrust." Er nimmt den Anruf an. Bevor Raxia ihm die Augen auskratzen kann, erhebt er sich und geht telefonieren. Verärgert setzt sie sich im Schneidersitz neben mich und verschränkt die Arme.

„Ich bin keine Hühnerbrust", knurrt sie.

Die Aufregung legt sich. Meinerseits mischt sich noch Müdigkeit hinzu. Irgendwann kann ich die Augen nicht mehr offenhalten und schlafe an Raxia gelehnt ein. Natürlich sucht mich mein verfluchtes Unterbewusstsein wieder heim.

Ich träume von Pirk. Er hält mich gefangen und genießt mein Leid, während er mir wehtut und ich machtlos bin. Seine finstere Stimme lacht voller Freude und kündigt mir ein baldiges Wiedersehen an. Ich versuche wegzulaufen, aber ich kann nicht. Schwarze Nebel verschlingen mich und plötzlich ist mir ungeheuer kalt. Im Traum sehe ich meinen Atem. Meine Haut ist mit Eis überzogen. Pirk und sein Folterkeller sind verschwunden. Ich bin allein auf einem zugefrorenen See. Das Eis unter mir fühlt sich verdammt echt an. Ich versuche ans Ufer zu gelangen, doch als ich den Blick hebe, sehe ich kein Land.

Unter mir knirscht es plötzlich. Die Eisdecke zieht Risse. Ich fühle die Angst. Auch ohne Ufer in Sicht taste ich mich vorwärts. Mein kalter Körper bewegt sich langsam und steif. Das Eis unter mir wird immer lauter. Ich gerate in Panik. Ehe ich mich versehe, werden die Risse tiefer, bis das Eis bricht. Ich bleibe sofort stehen.

„Wach auf", schluchze ich. „Bitte, wach endlich auf! Das ist nur ein Traum!"

„Ist es das?", fragt eine fremde Stimme, die mir einen Schauder den Rücken runter jagt. Ich starre unter mir in ein Gesicht. Jemand befindet sich auf der anderen Seite der Eisdecke und grinst mich an. Mein Körper erstarrt vor Schreck.

„Es ist nicht Pirk, den du fürchten musst, Erster Key. Fürchte die Rache, die kommen wird und dich auf den Grund des Meeres holt, um Zodans Fluch für immer zu beenden."

Eine weiße Hand bricht durch das Eis. Sie ergreift mich und reißt mich ins Wasser. Ich schreie und fühle, wie das eiskalte Nass in meine Lungen strömt und mir die Luft nimmt. Ich fühle, dass das mein Ende ist.

Manche *Seelen* leuchten heller, je tiefer die *Dunkelheit* wird.

NACHWORT

Damit wäre Band 3 abgeschlossen. Es wird noch einen geben. Welch Überraschung – hust. Ich hoffe, dass euch das freut. =) Lasst mich doch gern wissen, wie euch die Neuauflagen bisher so gefallen und schreibt mir ein Feedback.

Wieder vielen Dank für eure Treue! Wir sehen uns im 4. Band wieder. Ob es der letzte sein wird? Wer weiß das schon. :D

Schaut gern bei Instagram @SanmahPicture vorbei!

Sandra

Aktuell habe ich viele Projekte. Stress, Stress, Stress...

BAND 1

Emilios Seele ist die Wiedergeburt einer uralten Macht aus längst vergangenen Zeiten. Gejagt von Malums Schatten und gegeißelt durch dessen treuen Diener Pirk, wird der nichtsahnende Emilio mit harten Schicksalsschlägen auf die Probe gestellt.

Im Roman erzählt Emilio von seiner turbulenten Jugend, die von so manchem Herzschmerz und unheimlichen Albträumen geprägt ist.

enthält Boyslove

Keys of Zodan ROMAN
Band 1: ISBN: 978-3-819-22541-3

BAND 2

Der Normalo Milan wird nach seinem unerwarteten Tod von Zodans Dienerin Raxia als eine der legendären Key-Seelen in Fatums Armee rekrutiert. Fortan ist er gezwungen als energiegeladener Zombie zusammen mit den anderen Auserwählten gegen die böse Macht des Drachen Malums und dessen Schattenarmee zu kämpfen, damit sein Crush - und nebenbei auch ein bisschen die Menschheit - gerettet werden.

Keys of Zodan ROMAN
Band 1: ISBN: 978-3-7693-2891-2

BAND 1+2

In einer Welt, in der Menschen gemacht und nicht geboren werden, herrscht die Kontrolle. Der Tech Kian ist die lebensverachtende Ideologie leid, die das System hervorgebracht hat. Als er einem gefangengenommenen Non-Tech Jungen begegnet, beschließt er, aus dem Gehorsam auszubrechen und der Tyrannei ein Ende zu bereiten.

Blue Eye Lie
Band 1: ISBN: 978-3-757-80495-4
Band 2: ISBN: 978-3-759-78628-9

BAND 1

Milan führt das Leben eines normalen Oberschülers, wäre da nicht die fanatische Stalkerin Raxia, die ihm ständig erzählt, dass er die Welt retten soll. Bevor er das tut, muss er sterben. Bleibt Milan eine Wahl?

Keys of Zodan Recurring
Band 1: ISBN: 978-3-7693-1733-6